文經文庫 A312

啾咪♡ 我是阿三

申玄／著

故事，從這裡開始

楔子

這本書，沒有感人的愛情故事，也沒有堅定的友情。
只有最麻辣、最真實、最討厭的，
一個會在你我身邊發生的故事。

我相信每個人的身邊，
都一定會有一個
像阿三這樣的人

2012年初，我畫了第一張阿三草圖，在其他粉絲團上超過兩千次的分享。

2013年4月，阿三這個角色正式出現在我個人的粉絲團上，然後開始畫了一系列的諷刺圖文。

2013年9月，把在粉絲團上的圖片整合起來，發表在部落格上。

2013年10月，阿三的文章被瘋狂轉載，點閱次數至今已達百萬以上。之後除了畫阿三在臉書上的假掰事之外，也開始在部落格上撰寫阿三的故事，描寫她這個人在生活中會做出哪些令人討厭的事情。

2014年決定將阿三故事發展為長篇小說。

之前，看了蠻多像阿三這樣的人，不管是在網路上，還是現實中。總覺得他們囂張的太久了，需要有人出來揭開他們的醜陋面。於是我細細的觀察他們，然後就開始在網路上發表了一系列的阿三內容。其實也就是在網路上一直罵她，沒想到罵著罵著，就出書

了，這真是我之前從沒想過的事情啊！！

當初以為阿三的內容應該寫個幾個月就差不多結束了，結果沒想到默默的寫了一年了，現在還在部落格持續的連載阿三故事。

在部落格裡，關於阿三的故事，我決定分為三部曲來寫，首部曲是學生時期的阿三，二部曲是大學後半段到初進入社會時期的阿三，三部曲是出社會發展後的阿三。每部曲的阿三，都有著不同的特色。

這一系列的故事，大多都是來自我身邊的靈感以及真實事件改編，所以阿三的故事除了是我個人的創作之外，也是我的青春回憶。不過不要問我真實版的阿三是誰，我只會跟你說那都是在另一個時空發生的事（笑）。

既然阿三的故事已經出版書籍了，那我就勇敢的夢想一下，我希望哪天可以把阿三的故事搬上螢幕囉！

每段阿三故事，背後都有段深度的含義，等待你的細細發掘……。

申玄

Contents

Part ❶

精華篇／
阿三最討人厭的18個特徵

Part ❷

學生篇／
阿三不是
一天養成的

Part ❹

戀愛篇／
阿三會不會
被放生？

幹!!
假掰女

人物介紹
人物介紹

申玄

謎樣的人物，跟阿佳、阿廣是好朋友，在朋友圈裡是個領導者，也是唯一一個阿三不敢惹的人。他非常討厭阿三，但因為她是阿佳的女友，所以只好暫時與她停戰。

阿廣

是阿佳的同學也是他的好麻吉，人還不錯，最常跟主角們一起出去，有時候也會被阿三氣到抓狂。

阿佳

故事的男主角，個性很溫和，但卻是個腦袋空空的人，可能因為阿三是他的初戀，所以愛她愛到就像是中了邪似的，無限包容無限蠢，心又很軟，是阿三的第八任男友。

阿三

故事的女主角，阿佳的初戀情人，是個必取。有多必取你看完故事就會知道了。

小雨

是一個不愛打扮的人，也算是阿三姐妹之一，跟阿三表面上看起來很好，但其實私底下超討厭她，跟阿三是同班同學。

小雅

阿三的姐妹，跟阿三最好，也是個小必取，雖說是姐妹，但其實只是被阿三利用的小旗子罷了，跟阿三是同班同學。

其他小角色

小二

男生版的阿三，只會用下半身的老二思考，所以叫小二。是未來男生版系列故事的主角。是主角們的隔壁班同學。

曉曉

小二其中一個女朋友。

Part ❶

阿三最討人厭的18個特徵

啾咪 ♥ 我是阿三

你我身邊都會有的賤女人——阿三

之前在粉絲團一直畫阿三罵阿三，
有些網友詢問我「阿三到底是誰？」
為什麼我如此痛恨阿三，她到底做了什麼事情呢？
請讓我先跟各位介紹一下阿三的基本資料。

阿三小檔案

暱稱　　阿三

本名　　臭三八

興趣　　講八卦、聊是非

專長　　擠乳溝、裝可憐、45度
　　　　角自拍、一秒掉眼淚、
　　　　培養一堆宅粉、背後攻
　　　　擊別人、推卸責任

特徵　　假掰做作女、心機重、
　　　　公主病、活在自己世界

曾經身邊遇過這樣的女生，
我就給她取個外號叫『臭三八』，
但劉德華說三八加個臭字就落伍了，
所以我就簡化叫她『阿三』。
阿三超愛露乳溝，明明就很小還要硬擠那麼大，
以下就跟各位介紹，阿三到底有哪些讓人討厭的行為！？

特徵 01 裝可憐

又是可憐文

阿三
是不是我不懂愛
才會傷得如此重

讚 · 留言 · 分享

又是無辜表情

又是爆乳照

👍 粉真心和其他138個人都說讚

人氣留言▾

宅粉1號
加油~~支持妳^^

宅粉2號
好正喔！！！

宅粉3號
我肩膀可以借妳靠>///<

阿三姐妹
寶貝還有我~乖~愛妳

💬 檢視另38則留言

總會有宅粉跟姐妹的安慰

申玄老實說

常在臉書發表可憐文+爆乳照，把自己人生說得很悲慘，說自己都是被拋棄那個，然後那些宅粉們就會留一些鼓勵之類的話，之後再回宅粉說：我沒事！我可以很堅強。強妳老母啦！明明就是妳自己做人機掰又勢利眼，男友受不了才提分手。

特徵 02 假掰照

阿三

累累~先睡覺覺了~
大家晚尤^^

讚 · 留言 · 分享

假掰女

幹!!

申玄老實說

拍照說自己要睡覺了，但臉上的妝根本就沒卸，只是想貼爆乳照，吸引一堆宅粉跟她說晚安，這樣她就覺得很爽！

特徵 03 愛爆雷

 阿三

阿三電影版好好看喔！
最後的男主角■■■■
中間有一段■■■■超帥

讚 · 留言 · 分享

申玄老實說

 自己看完電影就愛在臉書上發表感想，然後就把重要劇情講出來，幹！爆殺小雷啊！以為世界都圍著妳轉喔！？他媽的妳看過了別人還沒看啊！

特徵 04 找讚友

 阿三

缺讚友，快來幫我點讚！

讚 · 留言 · 分享

申玄老實說

 虛偽的人想要徵一堆讚友，只是想讓自己每次發文的時候可以有一堆讚，然後覺得自己很有人氣，可以到處跟朋友炫耀自己貼文都很多讚，真他媽的噁心！

特徵 05 做直銷

老愛講一些什麼改變人生，難道你只願意領死薪水……這些屁話。

阿三

明天有沒有人要聽演講　這是改變你一生的機會
只要你願意打開心胸　你絕對能出人頭地
歡迎滿20歲的人　一起來打拚事業~~

讚・留言・分享

粉真心和其他7個人都說讚

人氣留言▼

宅粉4號
是什麼事業?

阿三
能改變一生的事業，我有個朋友在做，現在已經年薪百萬了，我可以介紹給你認識。

宅粉5號
去聽演講可以看的到妳嗎？

阿三
會唷~我也會去 !!

超愛說有人做這個年薪百萬，常出國去玩，都不用工作然後每個月還有很多錢可以領。

就是會有傻子為了看正妹而去，結果被洗腦花了幾萬元買一堆產品。

申玄老實說

許久沒見的人，突然問你要不要出來吃個飯什麼的，一出來就是跟你推銷東西，找你聽演講之類的，然後你不去就說是不是朋友殺小的屁話。

特徵 06　開一堆條件

阿三

想要當我的老公是有條件的：
1. 一定要有汽車（我不想戴安全帽）
2. 一定要有房（要把房子過戶給我）
3. 要會煮菜（我不想吸油煙）
4. 要會做家事（我不想打掃）
5. 年薪要超過200萬（不想生活很辛苦）
6. 生小孩要找保姆幫忙帶，因為我會想出國去玩
　　或是要有自己的時間
7. 我不工作，所以錢都要給我管

讚・留言・分享

申玄老實說

妳哪來的自信敢開這種條件？

特徵 07　就是要爆乳

阿三

祝全天下的爸爸
父親節快樂~~~♡

讚・留言・分享

申玄老實說

什麼都可以貼爆乳照，問電腦哪牌好（爆乳照），晚
餐要吃什麼（爆乳照）、水好好喝（爆乳照）……。
就連祝大家父親節快樂都可以貼爆乳照，殺小啊！

特徵 08 生病照

阿三

發燒了……哭哭

讚・留言・分享

👍 粉真心和其他38個人都説讚

人氣留言▼

宅粉6號
要多喝水唷~

宅粉7號
別哭了~拍拍

阿三姐妹
寶貝要多休息 愛妳~♡

申玄老實說

生病了他媽的不好好休息，還一直PO自己發燒幾度的照片到臉書，應該又是要吸引宅粉安慰吧！我看妳是發騷不是發燒。

特徵 09 心機重的鬼臉照

阿三

跟姐妹們扮鬼臉~
我好醜唷><

讚・留言・分享

申玄老實說

跟朋友說要扮鬼臉拍照,結果自己卻裝可愛,還說自己好醜,噁不噁心啊妳這人,心機真的有夠重的!!

特徵 10 貼假照片

阿三

夏天的尾巴一定要
陽光 沙灘 比基尼一下
——在墾丁南灣

讚・留言・分享

其實阿三根本就沒去南灣
照片是自己在家穿比基尼拍的

申玄老實說

明明就沒出去玩,還要自己假裝跟上年輕潮流之類的,營造出自己很多人約的感覺,真北爛!!

特徵 11　追蹤人數

無敵放大片

 **阿三**

追蹤人數破2千了！！
我好像有點紅了~嘻嘻

讚・留言・分享

2000人在追蹤

 申玄老實說

先加一堆人好友，
然後再刪除他們

為了衝追蹤人數，阿三加一堆好友然後又把他們刪掉，誰要追蹤妳啊！然後又很愛炫耀自己很多人追蹤，以為自己很紅，紅妳老母喔！大頭症喔！以為有幾個宅粉捧妳，就想登天喔！？

特徵 12　說自己天然呆

 阿三

我是個呆呆笨笨 很傻很天真的女孩　所以不可以騙我 不然我會哭哭Q_Q

讚・留言・分享

 申玄老實說

呆玲娘啦！明明就心機最重的人，還敢說自己是很傻很天真。愛裝無辜的假面噁心女，說這些話你都不會臉紅嗎？

特徵 13 跟女生裝熟

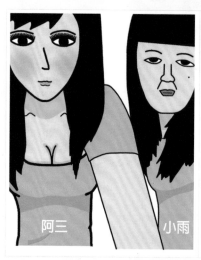

阿三   小雨

阿三

今天逛街巧遇小雨　還穿同一件衣服　真是太有緣了~~♡　下次要一起吃飯唷(*^o^*)

讚・留言・分享

馬的~我今天在路上遇到那個醜女小雨，她還跟我穿一樣的衣服，真噁心，看了就不爽！！！

申玄老實說

常常看到阿三跟一堆女生熟來熟去，但根本就不是真的熟，都是虛情假意。表面上說熟私底下又互罵，真是他媽的一群虛偽的人。

特徵 14 一直說自己胖

每個月都會發一次

阿三

肥嘟嘟該減肥了><

讚・留言・分享

絕對會露奶

故意擺個可以遮住大腿肥肉的姿勢

👍 粉真心和其他59個人都說讚

人氣留言▼

宅粉1號
不會啊！很瘦了

宅粉2號
好正唷>////<

宅粉8號
夠正了不用減了

💬 檢視另21則留言

只是想吸引宅粉誇獎她

申玄老實說

每個月都一直發這種月經文，一直說自己好胖唷好肥唷！幹！根本只是要吸引宅粉留言說『不會啦！妳很瘦了』『好正唷』之類的話。如果你留言『對啊！妳超胖』阿三還會不爽刪你留言。然後可能下一篇又會說：面對白目的人，我應該要有寬容心！

一直換大頭貼

阿三 換了張大頭貼照。
10分鐘前

讚・留言・分享

阿三 換了張大頭貼照。
7分鐘前

讚・留言・分享

阿三 換了張大頭貼照。
4分鐘前

讚・留言・分享

阿三 換了張大頭貼照。
1分鐘前

讚・留言・分享

申玄老實說

阿三還有個厲害的絕招，瘋狂的一直換大頭照，洗你的版，秀她的奶。

特徵 16 說對男友要求很低

阿三
我對男友的要求很低，
只有六個字而已，
愛我 疼我 養我

屁・留言・分享

 粉真心和其他49個人都說屁　人氣留言▼

 小雅
跟寶貝妳交往一定很幸福^^

阿三
@小雅 當然啊！我的要求很低

 申玄老實説

 我想也送妳六個字：噁心、假掰、必取。

特徵 17 說別人都很假

 阿三
足球員真的都很愛假摔耶

妳也是・留言・分享

 粉真心和其他49個人都說妳也是

人氣留言▼

小雅 真的！

阿三 超愛演的，而且又很假

 申玄老實説

妳自己也很愛假掰啊！

特徵 18 愛用疊字或注音文

疊字阿三

 阿三

人家想要吃蝦蝦，可是人家不會剝剝，哭哭……

假・留言・分享

 申玄老實說

怎不去吃屎啊！屎不用剝！

 阿三

鼻鼻~剛剛~蟲蟲~咬咬~
痛痛~秀秀~

讚・留言・分享

疊字阿三

 阿三

窩剛ㄑㄒ門町，ㄔ到一坨
大便，ㄇㄉ，敲不爽ㄉ，
ㄋ快來ㄅ我，
還有ㄅ$$錢，我要ㄇㄞㄕ

讚・留言・分享

注音阿三

 申玄老實說

超討人厭的疊字阿三跟注音阿三。

Part ❷

學生篇

阿三不是
一天養成的

啾咪 ♥ 我是阿三

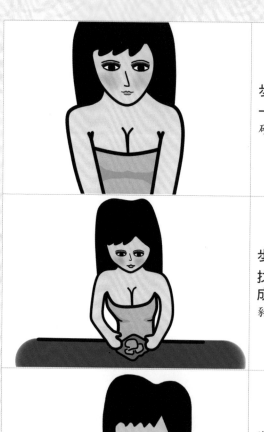

步驟①
一定要爆乳（沒奶就硬擠）。

步驟②
找些事做並請朋友拍成影片（例如可以炸豬排、做料理）。

步驟③
上傳到網路等待宅粉的發現。

露奶不成就露腿

挫賽啊！我的水餃墊放在小雅家忘記拿了

這樣就不能擠奶拍照了怎麼辦？

阿三

討厭><
腿又變粗了~哭

讚・留言・分享

山不轉路轉！

見錢眼開

阿三！小敏今天過生日，妳有要一起來慶祝嗎？

沒有耶！

阿三！我今天過生日~要不要陪我去泡溫泉？

有錢的大叔

好哇！

對號入座

超級大嘴巴

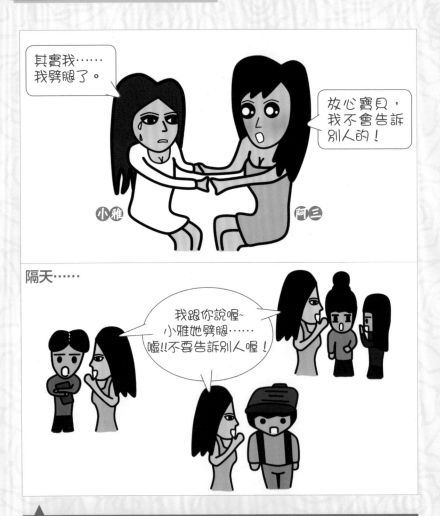

把朋友跟她說的秘密都講出去,然後朋友發現後找阿三理論,阿三就會表演一秒掉淚以及裝無辜,說那些話不是她說的!

覺得別人都應該要幫她

阿三很愛把別人的好意視為理所當然，只要不順從她的意，她就
會不爽！一定很多人想對這種人說：幹！是欠妳的喔？

超愛炫耀

從小就是搭BMW長大的人

昨天有個男的睥BMW載我，BMW耶！怎麼樣，羨慕吧！

得意

跟阿三當朋友，就要常常聽她炫耀一些無腦的事物。

出門前愛拖拖拉拉

好煩喔！到底要戴紅色的圍巾還是綠色的？

妳已經選一個小時了，可以快點決定嗎？大家都在等妳耶！

阿三

我男朋友超沒耐心的，才等一下下就在那該……

讚・留言・分享

阿三每次出門都拖拖拉拉，大家都要等她！好像別人的時間，都不是時間！

挖洞給男友跳 ①

挖洞給男友跳②

回答是，也不對；回答不是，也不對。到底要怎樣啦！！

生日禮物

阿三的男友（阿佳）打工一個月才賺一萬多元的生活費，阿三卻要阿佳送她一個快一萬元的包包，最後阿佳考慮後，覺得阿尼亞斯貝的包包真的太貴了，買下去可能那個月的生活費都沒了，所以就送個PLAYBOY包包（也要四、五千），然後阿三看到禮物後立馬翻白眼嫌惡。更北爛的是，她還問阿佳說：「這PLAYBOY的包包是真品嗎？我等等上網查一下這款，我不想背假貨，背假貨很丟臉。」

自己的問題還怪人

就真的這麼粗啊！！！

吃飯只貼自己
照片的原因

常常看到阿三出去吃飯玩樂，但FB上傳的照片卻都只有自己，究竟是為什麼呢？讓我來告訴你。

　　像阿三這種只傳自己吃飯的照片，百分之九十都是跟男生出去，不跟男生一起合照上傳的原因，是因為阿三培養了一群支持她的宅粉，然後阿三又自以為自己是紅人，心想說如果讓粉絲看到自己一直跟男生約會，之後就可能不會支持她了，然後臉書PO文得到的讚就會很少，所以阿三為了確保自己的行情，跟男生出去都不會傳男生的照片，通常會編個理由跟男生說「我不傳你的照片是因為不想被其他人一直問，或是誤會」。

　　阿三常常跟不同的男生出去，但又不打算與對方交往，主要是可以吃吃免費大餐、看看免錢電影，所以當然不能讓別人誤會他們是情侶，而且有時候一起出去的男生是這個樣子……。

如果被宅粉發現阿三是這樣的人，那他們就不會支持她了。

阿三交了男朋友後，通常也是不貼男朋友的照片，是會一起合照啦！但上傳臉書的照片通常都是自己然後再加一些假掰的表情或露奶，主要就是發給宅粉看的，希望能得到很多讚。

但也有一些情況阿三會貼與男生的合照（貼與名人、親戚那種合照不算）。

① 貼跟其他男友人的照片

主要是希望有人看到照片後會在留言回說：「吼~男朋友喔？」

阿三就會回答：「我沒有男友，我還單身 (^v^)」

用意就是讓宅粉們知道她還是單身的，給他們一些幻想。

② 貼跟男友的照片

知道自己人氣已不再，行情跌到谷底，所以趕緊找個人攀著，可以過個一生。如果哪天阿三跟男友分手了，她就會重操舊業，然後又開始……

阿三
是不是我不懂愛，才會傷的如此重？(T_T)

讚・留言・分享

搭便車

我叫阿廣，跟阿佳還有阿三是同班同學。

還記得有一次放學後，班上同學們相約一起去唱歌。

『那個……今天唱歌我不去喔。』我說。

「蛤？為什麼不去？」阿佳問。

『我今天沒騎車。』

「去啦！我可以載你回家啊！」

『不要啦！又不順路。』因為真的很不順路。

「不會，我載你回家，真的，走啦走啦。」阿佳很堅持。

『真的太麻煩你了啦！這樣你又要載阿三又要載我。』

「吼，不會啦！」

這時阿三走了過來。「阿廣，你不去喔？」阿三問。

『我今天沒騎車。』我說。

「阿佳今天有開車，可以載你回家啊！」阿三竟然會說人話，

我嚇到了。

　　我看了一下阿佳，他點點頭的説：「OK的，走啦！」

　　『恩……那就去吧！』我説。

　　唱完歌後已經半夜兩點，走出店外發現外頭正在下著大雨。我們三個一起撐傘走到停車場牽車。「還好我有開車。」阿佳説。

　　『恩啊！不然這種天氣騎車回家，絕對會很幹。』我説，『喔！對了，等等停車費給我出，你們別囉嗦喔。』

　　「那謝啦！」阿佳説。

　　「等等是要怎樣？」阿三突然問。

　　「喔，我先載妳回家，然後再載阿廣回家。」阿佳説。

　　「恩。」

　　車子剛開出停車場後，阿三突然問阿佳説：「你會累嗎？」

　　「不會啊！」阿佳説。

　　「我怕你開車會很累。」阿三説。

　　「不會啦！我精神很好。」

　　聽到後，我心裡想説阿三還蠻貼心的嘛，會關心阿佳狀況。

車子開了一條街後，阿三又說話了：「這麼晚了，你這樣開車會不會很累啊？」

　　「不會啊！」

　　「可是我怕你很累啊！」

　　「不會啊！我真的不會累啦！別擔心。」阿佳說。

　　過了幾分鐘後，阿三又開口了。

　　「可是我很擔心你會很累耶。」

　　「就不會啊！」阿佳有一點不耐煩了。

　　「這麼晚了，你還要開這麼遠，我真的很擔心你。」阿三說。

　　「那不然要怎麼回家？」阿佳問。

　　我都沒說話，我就在後座靜靜的看著他們。

　　「可是我真的怕你很累啊！你這樣載我又載阿廣，等你回到家都已經很晚了。」阿三說。

　　阿三說到這裡，我聽出來了。以她的雞巴個性，大概就是要我自己回家。但我還是沒說話，靜靜的坐在後座，打算看阿三要使出什麼把戲。

阿佳也沒理她，繼續開他的車。車上的氣氛有些尷尬了。沒想到過了幾分鐘後，阿三竟然使出她的絕世武功「一秒掉眼淚」。

　　「妳幹嘛？」阿佳問。

　　「我是真的擔心你會累……嗚嗚。」阿三説。

　　「我就説我不會累了，妳不用擔心，好嗎？」

　　「你這樣子回家會很晚，我會很擔心。」阿三一直在鬼打牆的重複一樣的話。

　　「那不然要怎麼辦？我總不能丟下你們兩個，自己回家吧！」阿佳説。

　　「可是你載我們回家，自己再回去，就會很晚了啊……嗚嗚」阿三哭著説。

阿三的絕世武功——「一秒掉眼淚」

阿三就一直盧一直盧，盧到在後座的我受不了了，我想了想這個狀況。阿佳丟下我跟阿三，然後他自己回家，不可能。阿佳叫阿三自己搭計程車回家，也不可能。唯一能解除這個狀況，就是我自己搭計程車回家。

　　『阿佳，你旁邊停一下。』我說。

　　「恩？怎麼了？」阿佳問我。但我沒回應。

　　車子停在路邊後，我就自己下車，然後跟阿佳說：『你這樣太累了，我自己搭計程車好了。』

　　「這樣也是可以。」阿三帶點哭腔說。

　　我心裡想說：『幹！妳回的這麼快，就是要我自己回家啊！』

　　「不要啦！這麼晚搭計程車很危險耶。」阿佳下車跟我說。

　　『不會啦！我一個大男生，OK的。而且也只有這方法能解決問題了。』我使了個眼神，阿佳也明白我的意思了。他自己也沒辦法解決這個狀況，所以也只能這樣了。

　　「我陪你等車吧。」阿佳點起了一根菸，「對了，你剛剛唱歌的時候，說要告訴我一件關於阿三的事，是什麼？」

『這要講很久，下次阿三不在的時候，我再慢慢跟你說吧！』

「好。」

五分鐘後，計程車來了。

『那我先回去嘍！』我說。

「好，到家打電話給我。」

『OK。』

來來來……
你來！

隔天，到了學校。阿三就走過
來說：「我跟阿佳都覺得昨天讓你
自己搭計程車，對你很不好意思。」

　　阿三雖然這麼說，但我從她的臉上
完全看不出來有不好意思的表情。

　　『喔，還好啦！』

　　「你昨天為什麼沒有騎車，如果你有騎
車就不會有這件事了。」阿三說。

　　幹！是誰說可以叫阿佳載我，然後載了又在那靠悲靠母的？

阿三愛裝闊

我叫小雨,跟阿三是同班同學。

故事是發生在我們大一的時候,某天的中午吃飯時間,我們一群女生到外面買麥當勞吃。

結果才剛進麥當勞門口,阿三就突然哭了起來。大家都嚇到了,問她後才發現,原來她忘記帶錢。

這不是什麼太大的問題,大家都説可以先借她錢。

到我點餐的時候,她就突然跑去打電話。過了幾分鐘後跑回來説要點兩份套餐。

我問她説:『妳要吃兩份喔?』

「沒有啦,幫阿佳順便買一份。」她帶點羞澀的表情説。

那時大家都知道她對阿佳有意思,所以也不覺得什麼。

『我的餐點完了，我拿錢給妳，妳再去排。』我掏出錢包，想先幫她出錢。

「不用啦，小雅正在點，我直接去請她再多點兩份就好。」阿三說完後就去找小雅。「小雅，幫我多點兩份XX套餐，錢回去我在給妳。」阿三勾著小雅的手說。

「嗯嗯，好。」小雅回她。

買完餐點後，大家就拿回到學校的教室裡吃。

阿三看到阿佳一進教室，就馬上拿著麥當勞衝去她面前說：「這個給你吃。」

「這多少錢？」阿佳問。

「不用啦，這人家請你吃的。」阿三嗲嗲聲的說道。

過了幾天後，我才從小雅的口中得知，阿三都沒有還她錢。

『妳可以去跟她要啊！』我說。

「就……也不太好意思。」小雅的個性其實還挺軟弱的。

『我覺得妳還是跟她提一下，說不定她只是忘了，不然我們這樣誤會她也不好。』

「我上次有稍微提到，可是她都沒反應……」

『那不然妳跟她明講？』

「我怕到時撕破臉，大家同學，這樣會變得很難看。」感覺小雅很害怕阿三不理她。

『那……不然這幾百塊，妳就當作請她跟阿佳吃飯？』

小雅聽完我的話後，頭低低，一臉無奈的説：「其實……已經不只幾百了。」

不要臉的阿三

我還是小雨。

還記得有一次,我跟阿三一起去逛百貨公司,在經過一個專櫃時,「小雨,妳覺得這個粉紅色的錢包怎麼樣?我覺得還蠻可愛的耶!」她說。

『恩恩,好像還不錯耶!挺可愛的。』

「很可愛吼!那妳要買給小雅嗎?她不是要生日了?」她把錢包拿到我面前。

『ㄜ……我應該會送別的。』其實我還沒想到要送什麼,但應該沒有要送這麼貴的。

「這很可愛耶!妳不想買這個送給她嗎?」她的表情就是一副我如果不買這個給小雅,就好像我很小氣一樣。

『喔……再多看看好了。』我說。

「好吧!」她把錢包放了回去。

後來那樓層逛了快一圈，然後又經過了那專櫃。「那錢包真的很可愛ㄟ，妳真的不想買來送給小雅嗎？」阿三又看著我說。

　　我心裡想：『那妳自己怎麼不買？哪有一直叫人家買的？』

　　『再逛逛別的樓層，如果沒有好看的再來買。』我說。

　　「也是可以，那再看看好了。」

　　後來在手扶梯上，我問阿三：『妳想送什麼給小雅？』

　　「可能會送她SK2的保養品吧！」她說。

　　『真的喔？妳買了喔？』我有些驚訝，沒想到她會要送這麼好的禮物給小雅。

　　「我昨天已經叫阿佳有空的時候去幫我買。」

　　『哦哦。』我都還沒決定小雅的禮物，聽阿三這麼一說，心有點急了。

　　知道阿三要送的東西後，覺得自己要送小雅禮物的預算實在有點弱。輸人不輸陣，我停下腳步，轉頭跟阿三說：『好吧！那我就買那個錢包好了。』

　　「真的嗎？小雅一定會很喜歡的。」她笑笑的看著我說。

我們兩個就回到了那個專櫃。我有點心痛的刷了卡，買下了那個錢包。『不好意思，請問有幫忙包裝的嗎？要送人的。』我問專櫃小姐。

　　「抱歉，我們這邊沒有這個服務喔。」專櫃小姐說。

　　『喔，好謝謝。』我有些失望。

　　「我幫妳包啦！」阿三說。

　　『蛤？不用麻煩啦！』

　　「沒關係啦！我那還有一些包裝紙。」

　　『哦哦，好，那就給妳包嘍！』我把錢包拿給阿三。

　　「好，沒問題。」她說。

　　到了小雅生日當天，我們一群同學請她去吃飯。

　　『阿三，我的禮物妳有帶吧？』我小聲的問她，其實我昨晚已經提醒過她了，但還是不放心的再問了一次。

　　「有啊！在我包包裡。」阿三拉開了一點縫，讓我看到有禮物在裡面。

　　有看到禮物後，我放心很多。

　　『要先送我的禮物還是先送妳的？』我問。

　　「先送妳的。」阿三說。

吃完晚餐後，到了要給小雅驚喜的時間。我給阿三使了一個眼色，暗示她可以把禮物拿出來了，然後我就在那等著看小雅收到禮物的驚訝表情。

　　「搭拉！小雅生日快樂~這是生日禮物。」阿三突然把禮物拿出來，小雅真的嚇到了。

　　「哇！妳們請我吃飯還給我禮物喔，太感動了。」小雅接過禮物時説。

　　『拆禮物，拆禮物，拆禮物。』我拍著手説。

　　「嗯嗯，這包裝紙包的好可愛喔。」小雅邊拆邊説。

　　「我包的唷！」阿三舉著手説。

　　「好厲害！哇！是錢包耶！！阿三妳買的嗎？」

　　我也舉起手看著小雅説：『妳猜錯了，這是我……』

　　「這是我跟小雨一起合買的，嘻嘻。」阿三突然搶去説。

　　幹！我也嚇到了。

　　我一直以為她是開玩笑。

　　但到了要散會時，阿三都沒拿出她的禮物送小雅，我才覺得奇

怪。『妳不是要送小雅SK2嗎？』趁小雅去上廁所時，我問阿三。

「喔，就最後我還是覺得SK2有點貴，想說跟妳一起合送好了，就妳負責禮物然後我負責包裝這樣。」

偷看男生

我是阿佳，是阿三的男朋友。

有一天，我跟阿三兩個人去西門町附近吃牛肉麵。那家牛肉麵的人潮很多，常常都要等位置，除非去吃的人數夠多，不然通常都是要與別人併桌。他們的桌子是長方形那種，兩張四人桌拼成一排，坐的時候與旁邊的客人都還蠻靠近的。

「北鼻，我要一個小的牛肉麵。」我們剛找到位置坐下來。

『好，我去點。』我說。

點完餐回來後，店內有電視，我就坐在那看。

「筷子筷子。」阿三指著我右手邊的筷子盒說。

『喔。』我從盒裡拿出兩雙筷子。

「都拿過來吧！放在中間。」她把盒子拿走移放到她的左邊。

她移完後，我就繼續看我電視。

「一大一小牛肉麵」店員說。

『這邊這邊，謝謝。』我說。

我吃牛肉麵都會先放個辣椒，再放個酸菜。

「你夾好了嗎？」阿三突然問。

『夾好了，你要夾喔？』我問。

「沒有啦！酸菜放中間吧！別人才能夾的到，你夾好了我就放到中間喔。」她說完後，就把酸菜盆端走，放到中間。

我心裡想說：『奇怪，阿三怎麼會突然在乎別人了？』

但我也覺得是不是我多疑了。算了，肚子好餓，先吃麵吧！

「隔壁那男生食量那麼小喔，竟然也吃小碗的。」阿三靠到我耳邊小小聲的說。

『可能不餓吧！呵呵。』我心想他吃小碗的關我屁事喔。

我發現她是不是太關注那個男生了啊！

好，我決定偷偷觀察一下。

過沒多久，那男生好像要找衛生紙，我也有看到。結果阿三馬上就把放在我右邊桌子上的衛生紙給拿到中間。他馬的，什麼鬼啊？對我都沒這麼好了，這是怎樣？我超想當場翻臉的，但我想了想，一定要有證據或當場抓到，不然阿三絕對會否認的。

好，我就裝沒事，然後邊吃邊偷看阿三。果然，過沒多久，就看到阿三一直在偷偷看她左邊那個男生。她就吃幾口麵，然後眼睛

就會瞄一下瞄一下。我趁她又在偷瞄的時候，趕緊湊到她耳朵旁酸說：『妳要不要乾脆直接跟他一起吃好了。』

她被我這麼一說，臉上的表情就像是作弊被抓到一樣。她沒有回我話，默默的裝沒事繼續吃她的麵。接下來我們就都沒說話。

走出餐廳，我故意酸她說：『我都在旁邊了，還這樣偷看男生喔！哀，如果我當兵，那還得了。』

「我又不是故意的，是……ㄜ……是那個男生穿得很特別，所以我才多看幾眼。」她解釋。

聽起來有點好笑，那男生也不是什麼奇裝異服，穿著跟普通人差不多。

『哼，竟然在我面前偷看男生。』其實我沒有很生氣，只是想嗆她這個行為。

她聽了後翻白眼的說：「你們男生自己也不是很愛看正妹，上次那個XXX跟他女友出去，也一直在偷看女生啊！」

『那是他又不是我。』

「你們男生都一樣啦！」她突然發飆。

『妳發飆什麼？現在是妳

在我面前偷看別的男生耶！而且還那麼關心他有沒有拿筷子，有沒有拿衛生紙喔。』我回嗆她。

「我都說了那只是他穿得特別，我才一直看。」

『那我以後看妹，我也要說她穿得特別才一直看。』

「你敢偷看妹你給我試試看！」她生氣的手叉腰。

『妳可以，我就不行喔？』

「我不管，你就是不行，不行。」她在馬路邊大叫，「你現在給我道歉！」

『我道歉？我為什麼要道歉？』

「你害我好生氣啊！」

『ㄟ，妳在我面前這樣看其他男生我都沒這麼生氣了，妳是在氣什麼？而且竟然還叫我道歉，是哪招啊？』

「我不管，你就是要道歉！」

『我不要！！』

她停下腳步，站在原地一直瞪我。不知道為什麼，我看了覺得很想笑。

大概瞪了一分鐘，她見我都沒反應，就生氣的說：「好啊！你寧願看其他女生，也不願意跟我道歉，那你就去看吧！再見。」說完她轉身就要離開。

『好啊！那我就去看了。』妳會説我也會説。

她轉過來瞪了我一眼，就走了。我不想理她，我就自己回家。

結果回家就看到她在臉書發狀態。

 阿三
是我不好，是我不夠正，
男友才會一直想看別的妹，哀⋯⋯

讚・留言・分享

 粉真心和其他69個人都説讚

人氣留言▼

宅粉4號
不會！妳很棒

宅粉8號
真是身在福中不知福的人

拍立得

我還是阿佳，是阿三的男朋友。

每月的五號，是領薪水的日子。

「今天五號，你是不是發薪水了。」阿三問我。

『喔，對啊！』

「是喔，你有想買什麼嗎？」

『我想去買牛仔褲。』我期待好久了。

「又買牛仔褲！！」

『很久沒買了耶！』我說。

「你為什麼那麼愛買牛仔褲啊！？你已經有很多件了耶，很愛一直亂花錢。」阿三像是用父母教訓孩子的口氣在教訓我。

我心想妳自己亂買的衣服才多吧！

『就喜歡牛仔褲啊！剛好有出新款，今天發薪水，就想買。』我說。

「那你發薪水為什麼不會想說先幫我買拍立得？你只想著你自

己的牛仔褲，你不覺得你太自私了嗎？」

　　WTF！我心想：『這是我自己辛苦打工賺的錢耶，我想要犒賞自己，給自己買個牛仔褲錯了嗎？而且妳之前跟我要拍立得，我又沒有答應說要買給妳。』

　　『買牛仔褲就叫自私喔？這是什麼歪理？』我有點不滿，因為我覺得這是花我自己辛苦賺的錢，為什麼還要經過妳同意？或是為什麼還要先買東西給妳才能買給我自己？

　　阿三生氣的指著我罵說：「對啊！你很自私啊！因為你買牛仔褲就只能你自己一個人穿，可是你買拍立得我們兩個可以一起拍啊！」

內褲

換工作

我是阿佳。

大學時期，我一直都在一家服飾店打工。

賺的錢就當自己的生活費，生活還算過得去。

後來有間日本平價服飾進軍台灣，在大學徵才，而且那時他們工讀生的時薪開的比一般的服飾業還高，我很有興趣，就報名了。

很開心的有通過第一階段的面試。

『耶，我通過了。』我開心的跟阿三說。

「太棒了北鼻，那第二次面試是什麼時候？」她問。

『要等幾週後。』

「那如果萬一你應徵上，一週要上幾天班啊？」

『聽說一週都要上X天耶。』我心想，那應該可以賺蠻多錢的。

結果阿三聽到，臉就很臭。

『幹嘛？』我問。

「那這樣放學你不就不能載我回家了。」

『對耶，那妳可能就要自己回家囉！哈哈。』

之後的幾天，她都一直在我耳邊碎碎念說：「我覺得你現在工作也不錯啊！幹嘛要換。」、「你確定換了就會好嗎？」、「你現在換新工作也做不久啊！就要畢業準備當兵了。」

她就這樣一直念一直念，其實目的我猜就是要我別換工作，維持原樣，好可以繼續載她回家。

後來我真的受不了了，『換工作才可以賺得比較多啊！現在賺的錢都剛好打平而已，我想自己存一點錢。』我說。

「誰叫你那麼愛花錢，你就不要一直買褲子買衣服啊！」

（幹！花在妳身上的錢也不少啊！）

『如果我不換工作，那我們以後就少出去玩，少花錢。』我算是半恐嚇了，因為我真的想存一些錢。

「好啊！」沒想到阿三竟然回答那麼快，我反而愣住了。

『以後都不能常吃餐廳、常出去玩喔。』我再次清楚的解釋。

「我可以啊！你能嗎？」

『好啊！妳說的喔！到時候不要說我都沒帶妳吃好吃的或出去玩喔！』

「好。」

回家後，我仔細的精算了一下。如果真的可以減少一些約會的開銷，那其實不用換工作也可以存到錢。

後來我就決定把第二次面試給推掉了。

沒想到過了一個月後。

「北鼻，你可不可以買包包給我？」她突然說。

『上次生日不是買給妳了嗎？』我說。

「可是……人家想要LV的包包，那個誰誰誰都是拿LV的，人家也想要。」

『那個那麼貴，沒錢。』我直接拒絕。

沒想到她竟然酸我說：「你沒錢不會去多打點工幫我買喔？又不換錢多一點的工作，老是在那家店，賺的那麼少，你都不會想要換更好的工作嗎？哀。」

十二星座阿三

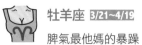
牡羊座 3/21~4/19

脾氣最他媽的暴躁，又暴躁又任性，常做出一些無腦的舉動，惹出一堆事，讓你一直在背後幫她擦屁股。

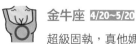
金牛座 4/20~5/20

超級固執，真他媽死腦筋一個，腦袋無法思考的一個人，常常鬼打牆，會讓人很想拿槍爆她頭。

雙子座 5/21~6/21

三分鐘熱度的一個王八蛋，忠誠度很低的一個人，還有雙重靠悲的個性，你會以為自己在跟神經病在一起。

巨蟹座 6/22~7/22

奪命連環call的霸主，超級覺得沒安全感，就算你做的再好，還是一樣，漏接一通電話，你就準備拿命賠！

獅子座 7/23~8/22

覺得自己是世界的頂端，高傲又霸道的混蛋，跟她在一起，沒被咬死也剩半條命，推測死亡期大概是在她月經來的時候。

處女座 8/23~9/22

機機歪歪的龜毛雜母，老是愛在一些無聊的事物上鬧，例如牙線在盒子裡應該要排的整整齊齊，沒排整齊你就準備入塔了！

天秤座 9/23~10/23

超愛慕虛榮的死妖精，外貌協會份子，敢送她地攤貨就是找死，跟她在一起越久，錢包會越薄。

射手座 11/22~12/20

超愛到處拈花惹草，時常讓你提心吊膽，講又講不聽，老愛說自己喜歡自由，完全不顧及另一半的感受，如果交到這星座的阿三，小心頭頂上很容易綠綠的。

摩羯座 12/21~1/20

搞孤僻宗師，對別人非常的不屑，跟她交往會覺得有跟沒有一樣，平常對你很冷漠，唯一會對你熱情的時候，就是你送她禮物的當下，既現實又自私，還是個零浪漫份子。

水瓶座 1/21~2/19

思想難以捉摸，白爛情緒時常無頭緒的亂轉換，超愛說「你為什麼不懂我」這種屁話，跟水瓶阿三在一起，絕對會他媽的瘋掉。

雙魚座 2/20~3/20

超愛活在自己浪漫的世界，覺得全世界的人都要伺候她這個公主。常愛講一些不切實際或是一些白癡話，例如：故意把別人東西弄壞，然後說自己「只是想要像小女孩一樣調皮」。

天蠍座 10/24~11/21

阿三界的霸主，綜合其他11個星座的缺點於一身，地球上最可怕的人類，是未來造成人類滅亡的原因之一。阿三故事中的女主角就是天蠍座的。

Part ❸ 進化篇

阿三的小心機看透透

啾咪 ❤ 我是阿三

上傳自己很正
別人很醜的照片

阿三

再忙~
也要跟你喝杯咖啡~♡

讚・留言・分享

在挖鼻孔

申玄老實說

阿三這個王八羔子，如果自拍拍到朋友醜陋的一面，
她還是會上傳（但前提是她自己那張拍的很正），如
果跟她抱怨，她會回妳她覺得這樣比較生活比較自
然。如果她被拍到醜照片，就會恐嚇朋友刪掉，不是
說喜歡自然嗎？自妳媽個屁啊！

心情不好別問

阿三

心情好難過……哀
別問

讚・留言・分享

 申玄老實說

那妳幹嘛要發文？

生日送超跑

 阿三

有人願意在我生日時送我超跑嗎？

讚 · 留言 · 分享

 我願意在妳X日時送妳舒跑

賤

自打嘴巴，黃色小鴨

 阿三

真不知道黃色小鴨到底有什麼好看的

讚‧留言‧分享

 粉真心和其他38個人都說讚

人氣留言▼

宅粉3號
對啊！那超無聊~還一堆人看。

 阿三
真的，我一點興趣都沒有！！！

兩週後……

 阿三

現在還沒看過黃色小鴨的人 真的是落伍了~

讚‧留言‧分享

 申玄老實說

幹！都給妳講就好了

刪好友

阿三
23:78

我要開始刪那些不常說話的好友了——在le se tong

又來了・留言・分享

👍 粉真心和其他47個人都說讚

人氣留言▼

 宅粉1號
我我我！我還在~

 宅粉2號
別刪我

 宅粉3號
+1

💬 檢視另138則留言

申玄老實說

這句話妳已經講了兩百萬次了！

# 狂發閃光文

阿三
14小時前

我剛剛起床拍了張照片給北鼻看
北鼻説我超可愛的
嘴巴怎麼這麼甜~

阿三
10小時前

鼻：吃飯了嗎？　我：正準備要吃 \(^_^)/
上天給我一個好棒的北鼻~
好疼我好關心我~好愛好愛他

阿三
4小時前

北鼻一到家就打給我説　我~~~愛~~~你~~~
吼~~嘴巴好甜 ♡ ♡
我真的覺得敲幸福的

阿三
23分鐘前

剛剛睡覺前打給北鼻
他説他會好想我好想我好想我
我説~我也會好想你好想你好想你

申玄老實説

真是夠了！！

阿三換男友

阿三
我的真心
被傷的好深好深
我不敢再相信愛情了
就讓我孤單一輩子吧！

讚・留言・分享

三天後

與王大叔穩定交往中

申玄老實說

阿三每次都說不想再愛，可是男友卻一個接一個換。

阿三想當小女人

 阿三
我只是想要像一般的小女人一樣
偶爾發發脾氣,偶爾鬧鬧任性
偶爾吃吃小醋,偶爾想要自由
為什麼都沒有人了解我?
哀……

讚・留言・分享

申玄老實說

哀妳媽啦!少把自己的北爛合理化。

說自己像國中生

 阿三
今天有個帥哥店員
說我看起來好年輕
就好像國中生一樣~嘻嘻

讚・留言・分享

 申玄老實說

他說的，應該是妳的智商吧！

 # 流鼻涕

 阿三
23:78
感冒了……一直流鼻涕──在Lin gu ta

讚・留言・分享

 申玄老實說

自己愛穿那麼少的，怪誰啊！？

借錢不還

小雨
阿三那個……之前借妳的3萬元
能先還我一些嗎？我最近要用錢

阿三
可是我最近真的很窮><哭哭

小雨
喔……好吧！

兩天後……

阿三
存錢存好久~終於買新包
包了 敲開薰^^

讚・留言・分享

申玄老實說

阿三都借錢不還，一直說自己很窮，但卻可以一直出
去玩或是買新包包。真是他媽的一個老賊子！

素顏模糊

 阿三

今天就用素顏跟大家説晚安囉~

讚・留言・分享

（申玄老實説）

 阿三每次貼素顏照，都把美肌開到最大！
開到臉都糊掉了，阿三小姐！

假主題真露奶

 阿三
23:78

這紅豆
敲好吃的^^──在Hua fen chi

假・留言・分享

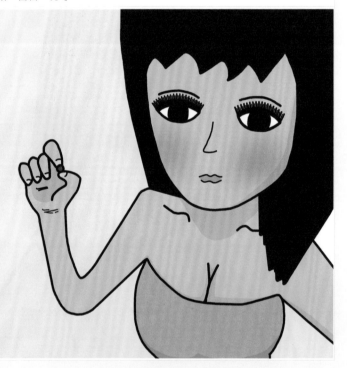

 假借小到不佔畫面的主題，但其實根本就只是想露奶而已！

說自己不是阿三

 阿三分享了一條連結

哈哈哈太好笑了　還好我不是阿三

讚・留言・分享

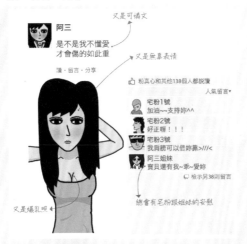

又是可撿文

阿三
是不是我不懂愛
才會傷的如此重

讚・留言・分享

又是無辜表情

👍 粉真心和其他138個人都說讚

人氣留言▾

宅粉1號
加油~~支持妳^^

宅粉2號
好正喔！！！

宅粉3號
我肩膀可以借妳靠>///<

阿三姐妹
寶貝還有我~乖~愛妳

💬 檢示另38則留言

又是爆乳呢

總會有宅粉跟姐妹的安慰

你我身邊都會有的賤女人—阿三 @ 申玄愛廢話
http://birtoro.pixnet.net

有加入我粉絲團的人應該一直看到我在痛罵『阿三』。那到底誰是
『阿三』？就讓我來告訴大家吧！在粉絲團畫阿三罵阿三也大概4個
月了，有些網友詢問我阿三到底是誰？為什麼我如此痛恨阿三，她
到底做了什麼事情呢？請讓我先跟各位介紹一下阿三的基本資料。

申玄老實說

幹！妳就是啊！

露奶覺得冷

 阿三

我都穿那麼多了
為什麼還是覺得冷？

讚・留言・分享

申玄老實說

因為妳長輩還在外頭啊！！！

出一半的錢

阿三

我跟男友出去的花費
都是一人出一半
我從不覺得自己是女生
就可以佔對方便宜

讚・留言・分享

要點數

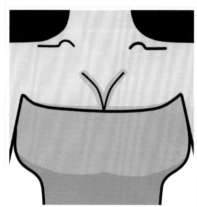

阿三
好想要Hello Kitty
有沒有人可以給我點數

讚 · 留言 · 分享

👍 粉真心和其他78個人都説讚

人氣留言▾

宅粉6號
我可以給妳唷~

阿三
真的嗎？超感謝你的~ ♡

這是我特地為了妳~花了好幾千換來的點數喔！

好感動，謝謝你！

阿三只要看到便利商店有推出她喜歡的東西，就會在臉書上跟人家要點數，然後就會有宅粉主動送上。原因也是因為看能不能親近阿三，藉此機會多認識她，可以多個話題來聊天，再看看能不能發展成愛情。

但現實的阿三絕對不是個省油的燈，她一開始會先裝ㄋㄞ，一直釋放出好感給你，對你很溫柔，把你當好朋友似的看待。等到東西收到後，完全都不屌你了，又繼續擺回她的高姿態。

如果想藉此找她聊天，好一點的可能一開始會跟你聊幾句，然

後就不理你了。中等的就都回你，恩、喔、呵呵。最差的是理都不理你，送你一堆已讀。

你如果敢抱怨，阿三就會嗆說：

「是你自己要送的啊！我又沒有逼你。」

「你送我東西，不代表我一定要回你話啊！」

「我很忙，好嗎？」

以上任選一句。

這是一個人吃人的世界

申玄老實說

阿三讓人討厭的程度大概就像蘭陵王的鄭兒一樣吧！

要簽名

 阿三

今天有陌生人一直跟我要簽名

😞一覺得困擾

讚 · 留言 · 分享

👍 粉真心和其他73個人都說讚

人氣留言▾

 宅粉8號
紅了紅了

 宅粉3號
人正真好

💬 檢視另17則留言

❶ 找工作

學生時期

> 阿三~妳會怕出社會後找不到工作嗎?

> 我長這麼正隨便找都會有

自信

....

出社會後

> 為什麼都沒有公司要我?難道長的正也是種錯誤嗎?

(申玄老實說)

阿三學生時期覺得自己有幾分姿色,認為出社會後一定很好找工作,因為覺得長得正的人一下就會被錄取。結果等她真正出社會後,找工作都一直被打槍,果然是個空有外表的無腦廢物。

❷ 想太多

❸ 騎車 VS. 開車

❹ 金錢觀

為何這篇男友是申玄？請隨時鎖定申玄的臉書和網誌，會有此篇詳解。

❺ 搶業績

我叫小秀，是一家美妝店的店長。

還記得某年5月底，有位叫阿三的女生來應徵門市人員。

剛好那陣子門市缺人，區長很快的就答應了她的任職。

記得阿三剛報到的時候，人客客氣氣的很有禮貌，還帶了餅乾分給大家吃。工作方面的學習也很認真很主動，當時大家都以為來了一個好幫手。

我們美妝店算的是個人業績，每位員工都有自己的業績目標。由於阿三是新人，我們對於新人前三個月的業績沒那麼要求。

我們業績的算法是，進來的客人，我們要輪著接服務，一個人不能連續接，要讓單給其他同事。還有除非店內很忙，不然一個人不能同時服務多位客人。

阿三進來第一個月表現都算ok，業績也有達到。但是第二個月開始出現一些問題了。有其他同事陸續跟我反應其實阿三會搶其他同事的業績。

　　我想說她是新人，先給她個機會，請大家再協助她了解流程。
但後來同事說她越搶越誇張了，除了現場搶客人外，結帳時也搶。
說是要練習結帳，但都把單的名字登入自己的，這樣業績就是算她
的。同事們實在是受不了了，一直跟我反應。

　　於是有一天我就問阿三：『妳知道我們服務客人的流程嗎？』

「我知道。」

『妳知道單子是大家輪流接的嗎？』

「我知道。」

『接單要按照公司的流程接，不能亂接，妳明白嗎？』

「我明白了。」

『別人接的單，妳結帳時要登入她的名字，不是自己的喔！』

「好的，我會再注意的。」

我輕輕的跟阿三點出這個問題，希望她能明白。

　　結果兩個禮拜後她還是一樣又再亂搶業績。

　　然後我又再一次約談她，這次我就直接明講了。

　　『阿三，有許多同事反映妳沒按照公司接單流程做，妳這樣會影響他們的業績妳知道嗎？』我一臉嚴肅的說。

　　「我知道。」阿三回答的很快。

　　『妳知道那妳怎麼還這樣做？』我疑惑的問。

　　「我想要很多業績啊！這樣公司才覺得我很厲害。」阿三講的

一副理所當然的樣子。

　『妳想要業績應該是要想辦法讓客人多買，而不是搶同事的

啊！』我生氣的説。

　結果阿三就開始哭了，然後説：

　「我不覺得這樣有什麼不對啊！為什麼你們都要聯合起來欺負

我？」

Part ④ 戀愛篇

阿三會不會被放生？

啾咪 ❤ 我是阿三

下大雨

　　我是阿佳，是阿三的男朋友。

　　還記得大一某天的放學時，我問阿三能不能自己搭公車回家，因為前一天K書K的很晚，我現在感覺很累。

　　阿三聽到後立刻大變臉：

　　「你累？那我不累麻！？我昨天也看書看很晚ㄟ。」

　　『我真的很累，這樣我騎車精神很不好，就只有今天而已，可以嗎？』

　　「好啊！既然你不想載，那都不要載啊！我以後找別的男生載。」

　　說完阿三就直接轉頭往校門口走去。

　　我聽了她講那種話後，實在很想拿手中的書，往她的頭K下去，但我真的累了，不想再跟她吵了。

　　我騎上了機車到她旁邊說：

　　『我載妳到公車站那吧！不然妳還要走一段路，而且好像要下

雨了。』

　「不必，既然不想載那都不要載。」

　『我可以載妳到公車站啊！』

　「不要啦！」

　不要就算了，我就不理她直接騎回
家。

　一個小時後我到家了（我家到學校騎
車要一個小時，載阿三回她家再回自己
家要兩個小時）。

　一進門先打電話給她，結果沒接。

　過了10分鐘後外面開始下雨，想起來
她好像沒有帶傘，我又打了通電話，還
是沒接，我開始有些擔心了。

正當我準備要下樓騎車回去找她時，她打電話來了

『喂！妳到家了嗎？』

「沒有，下雨了，我正在淋雨。」

『為什麼要淋雨？怎麼不去買把傘？』

「因為有人不載我啊！故意想讓我淋雨，那我就淋啊！」

說著說著阿三就開始哭了！

『我沒有要讓妳淋雨啊！我真的很累，只是想要早點回家休息。妳可以不要淋雨去買把傘嗎？』

「我不要，就這樣，再見。」

阿三就這樣把電話掛了。

然後我打了整晚的電話她都不接。

隔天上學，阿三一看到我就叫我道歉，她說都是因為我不載她，所以才害她淋雨，我說好，我道歉，接著問她有沒有感冒？

她說沒有，但要我請她吃大餐她才會原諒我。

　　『沒問題』我說。

　　吃完晚餐後，我們在河堤邊散步，我說：

　　『答應我，以後不能再生氣淋雨，這樣會感冒，我會很擔心。』

　　沒想到阿三回說：

　　「其實昨天我叫我爸來載我，打給你的時候我早到家了，我故意在窗邊講電話騙你說我淋雨，我就是要讓你內疚，誰叫你不載我，嘻嘻。」

嘻嘻

抓包

我叫曉曉，是小二的女朋友。

事情是發生在期中考的最後一天。

那天下午考完最後一科後，我回到學校宿舍，換了件衣服，正準備出門時，小二打電話來。

「寶貝，那個……我們班上的同學跟隔壁班的要一起去唱歌，很多人都要去，我有點難拒絕，大餐可不可以明天再吃？」

『喔……好啦！你去吧！』雖然我很失望，但我從不拒絕他。

「謝謝北鼻，最愛妳了。」

『三八啦！』

「那我唱完再打電話給妳喔！」

『恩，開心的去玩吧！』

後來從下午5點等到晚上10點半，他一通電話都沒打來。

我打了電話過去沒接，想說可能還在唱吧，應該是太吵了沒聽到手機響，所以我傳了封簡訊給他。

　　『還在唱嗎？』

　　「沒有。」結果他馬上就回了。

　　『那你現在在幹嘛？』

　　「在忙，回家打給妳。」

　　小二從來沒有用這樣的語氣回我簡訊。

　　我心裡越想越奇怪，到底是在忙什麼？

　　10點55分。

　　他還是沒打給我，我再打了通電話過去，他接了。

　　『喂，你在哪？』

　　「喔，我剛到家。」他小小聲的說。

　　『你唱完怎麼沒打電話給我？還有你講話幹嘛那麼小聲？』

　　「沒有啦！有事情啦！」

　　『什麼事？』

　　「明天再跟妳講，我想先洗澡，晚點打給妳，先這樣，掰。」

他就這樣掛掉電話了，我真的覺得不對勁，他從來沒對我這麼冷淡過。

我看了時間，10點57分。

我拿了件外套，還有錢包跟鑰匙，趁宿舍還沒關門之前，趕緊出去。

走了半小時後，到了他的租屋處樓下，我發現他的機車根本不在這。

他沒回家嗎？還是他有喝酒給朋友載回來？那他怎麼沒跟我講？他說的有事，該不會是出車禍車撞壞？還是……。

不行，我要冷靜下來，先等他打給我再說。

於是我先到旁邊的7-11，坐在裡面等他的電話。

沒想到五分鐘後，我看到他騎車載著一個女生回來，然後兩個人還手牽手的走上樓。

我傻了。我傻在那。

他怎麼可以這樣對我？怎麼可以？

大約10分鐘後電話突然響了，我回過神，看了手機，是小二打來的電話。

『喂！』

「寶貝喔！我洗好了，有點累想睡了。」他小小聲的說。

『喔。』

「妳在幹嘛？」

『在7-11買東西。』

「又餓了喔？好啦！不說了，我好累，晚安嘍！」

『晚安。』

　　我宿舍晚上11點大門就會關了，怎麼可能還能出去7-11買東西。

　　他，心裡根本就沒有我。

　　掛了電話後，我買了瓶酒，然後邊哭邊喝。喝完之後，鼓起勇氣的上樓，走到了他房門口，拿著他給我的備份鑰匙，打開了門。

　　看到的畫面跟我猜想的一樣。

　　兩人全裸的在床上做著那檔事。

「妳怎麼會來？」小二睜大眼狠瞪著我說。

　　我沒回他話，我走近點看，發現原來這個女的，就是他們隔壁班一個叫阿三的女生。

　　阿三先看了看我，然後轉頭看著小二說：

　　「你不是說你跟她分手了嘛？」說完就狠甩了小二一巴掌。

　　「對不起，我不知道你們還在一起。」阿三一臉慚愧對我說。

　　我沒說話，就在那看著阿三把衣服穿好後，看著她離開。

　　『你說，你要怎麼解釋？』我哭著對小二說。

　　「不知道。」

　　『什麼叫不知道？』我快崩潰了。

　　「是她先勾引我，我才跟她上床的，根本就不關我的事。」

　　未完待續……

接送

我是阿佳，是阿三的男朋友。

大一下學期的某一天中午吃飯時，「你以後早上都來接我上學。」阿三突然對著我說。

我仔細的想了想這件事情。

早上第一堂的課是8點20分，平常我是約7點鐘出門，6點40分起床。如果我早上要去載阿三，加上她是個愛拖拖拉拉的人，我大概6點就要出門了，那我不就5點40分就要起床了。

我高中時期也沒這麼早起床過，這實在是有為難到我。

『北鼻，那個……早上妳可以自己搭公車上學嗎？放學後我再載妳回家，可以嗎？不然這樣我早上5點多就要起床了。』我試著讓她了解我的難處。

結果阿三立馬表演了一秒掉眼淚的絕招。

「你不知道早上搭公車的人很多嗎？我都要一直站著，很辛苦
ㄟ。你真的很過分，你就不能為了我早起嗎？」阿三邊落淚邊說。

『這樣我每天5點多就要起床，長久下來也很累啊！』這句話我
憋在心裡，但沒說出口。

「而且如果我那個來，站著的話會
很痛很不舒服，你知道嗎？你們
男生懂那個痛嗎？」阿三越
說越激動。

班上許多同學都看著我們
這邊。
女同學的臉部表情顯示：
「阿佳是不是又欺負阿三

了？」

　男同學的臉部表情顯示：「阿三是不是又再鬧脾氣了？」

　『不然妳那個來的那幾天，我載妳，平常你自己搭公車上學，這樣可以嗎？』我試著找出平衡的方法。

　「你這個人怎麼這麼懶惰啊？」阿三整個火大了。

　「之前我前男友每天都載我上學，為什麼你就不可以？為什麼？」

　『他是他，我是我。』我超不爽的說。

　「那你不想載我，我就找我前男友來載我。」阿三爆氣的大吼，全班都聽到了。

　『好啊！那我們就分手吧！』我說。

分手（上）

「那你不想載我，我就找我前男友來載我。」阿三爆氣的大吼，全班都聽到了。

『好啊！那我們就分手吧！』我説。

「你説什麼？」阿三好像有點嚇到。

『我説，那我們分手吧。』我重複了一次，還加重了語氣。

「好啊！分就分啊！反正追我的人多的是。」阿三講完之後轉頭拿了書包就走了。

我坐回位置上，然後我竟然難過到哭了。

阿三是我第一個交的女朋友，我不知道原來談戀愛這麼累，這麼辛苦。這就是戀愛嗎？人家不是都説談戀愛是很美好的事情嗎？

為什麼我都感覺不到呢？還是我真的是一個不及格的男朋友？

男同學們看到我趴在桌上哭，都跑過來安慰我說：

「別難過，下一個會更好。」

「這種人不要也罷。」

「晚上喝酒了啦！」

但其實我都聽不進去。

接下來的課，我根本就沒有心上，我就坐在那發呆，想著這幾個月來我跟她發生的事情。然後越想越難過越想越難過……

我感覺到我的心好痛，有一種灼熱以及被撕裂的感覺，真的好難受。為什麼我會這樣？我是提分手的人，我不是應該要開心嗎？

放學後，從教室走到停車場的這段路，心痛的感覺更是強烈。

想到平常都是跟阿三一起走到停車場，現在卻是自己一個人。

走到車子旁打開車廂，看到兩頂安全帽，眼淚不知不覺又留下來了。

「ㄟ，阿佳。」有人對著我喊。

我轉頭一看發現是阿廣。（阿廣是我們班上的同學）

「你還在哭喔？別哭了啦！晚上我陪你吃飯吧。」阿廣説。

『ㄜ……沒關係，我……。』

「哎呀！別囉嗦，失戀不要一個人，等等跟著我的車，我們去吃好吃的。」阿廣堅持的説。

　　然後我跟他就到了一家燒烤店，他點了一堆菜還點了一手啤酒。

「你是第一次失戀嗎？」阿廣點完餐，坐下來第一句話就這麼問我。

『是啊！』我説。

「會難過嗎？」

『心很痛。』

「恩，我懂那感覺。」阿廣邊倒啤酒邊説。

『你也心痛過？』我反問他。

「廢話，我也是個柔情的男生呢，想當初……」

阿廣就開始講他的故事講了三個小時。然後講著講著他自己哭了。

『幹！不是我失戀嗎？為什麼是你在哭。』我心裡這麼想。

『你喝醉了啦！』我說。

「嗚嗚嗚，我真的很愛她。」阿廣哭得一把鼻涕一把眼淚的。

「好啦好啦，別哭了啦，回家吧。」馬的，怎麼變成我在安慰你。

送阿廣上計程車後，發現自己好像沒那麼難過了。

是我適應力太強了嗎？一下就可以走出情傷了。

「好吧！走路回家吧！反正明天是周六。」我對自己說。

走著走著，腦中又開始浮現了那些畫面，然後畫面越來越多、越來越多。我又開始難過了，眼淚就像洩洪般似的流。

我終於明白人家說為什麼失戀的時候，不要自己一個人了。

走到了家附近的便利商店，又買了幾瓶啤酒，我想要把自己灌醉。因為心被撕裂的感覺真的太令人難受了。

　　我提著一袋的啤酒和一堆零食走到了家樓下時，我發現鑰匙好像插在機車上沒拿，馬的，今天也太衰了吧！

　　「要是阿三知道我又把鑰匙插在車上，她一定又要罵我了。」我當時腦中的第一個想法。

　　然後我沉默了一會兒，告訴自己不要再想她了，不要再想了。

　　就在此時，阿三突然出現在我面前，手上還拿著美工刀……

分手（下）

就在此時，阿三突然出現在我面前，手上還拿著美工刀⋯⋯。

『妳怎麼會在這？』我說。

「為什麼我走出教室的時候，沒有追我？」阿三冷冷的問我。

我沒有回答她，因為我不知道要說什麼。

「你是不是不愛我了？」她又問了一句。

「你說啊！你是不是不愛我了？」阿三激動的又再問了一次。

『我沒有辦法忍受妳一直提到前男友。』我說。

「你不喜歡聽的話，那你為什麼不講？」

『⋯⋯』

「就因為我提到前男友，你就要跟我分手？」她哭著說。

『妳說妳要給他載！誰能接受自己女友回去找前男友啊！？』

「我只是開玩笑的啊！幹嘛這麼認真？而且還要跟我分手。」

『這玩笑不好笑啊！』我不爽的説。

「對啦！都是我的錯，都是我的錯。」阿三哭喊著。

然後我就看見她拿起手中的美工刀，作勢要往自己的脖子割下去。我趕緊上前制止，把美工刀從她手中奪走。

『妳在幹嘛啦！？』我説。

阿三沒回話，就一直哭一直哭。然後我把美工刀要收起來時，發現裡面根本就沒有刀片啊！我搞不懂她這樣子到底是哪一招。

「你還是很關心我的，你還愛著我對不對？」阿三説。

『跟妳在一起，有時候我覺得很累。妳好的時候很好，但是壞的時候真的會讓受人不了。』我直接明白的跟她講。

「……對不起……我會改。」阿三説。

靠悲，我嚇到了。這比剛剛她想要拿美工刀自殘還恐怖。阿三竟然會道歉！我抬頭看了一下天空，確認太陽並沒有從西邊出來。

「對不起，我錯了，我以後不會了。你原諒我好不好？」阿三又再一次道歉。

聽到她這樣說，我竟然軟了，是心軟。我想了想，覺得自己其實還是愛著她的。只是她的個性有時真的會讓人受不了。如果她能改，那她還是個不錯的女孩。

『妳以後還會亂無理取鬧嗎？』我問。

「不會了，我會改。你不要離開我。」阿三走過來，牽起我的手。「讓我繼續愛著你好嗎？我的生活裡，不能沒有你。」她說。

『嗯……那妳個性要改，不然我還是會生氣的。』我回她。

「我會改的，我會的，好愛你北鼻。」阿三緊緊的抱著我說，抱得很緊很緊那種。

『我也愛妳。如果妳個性真的能改，那我會更愛更愛妳的。』

「遵命。」她笑著說。

我們在那抱了10分鐘後，我才突然想到我沒有機車可以載她回家。捷運也沒有了。我也不能讓她住我家。

『我機車停在燒烤店，沒有騎回來，我陪妳搭計程車回家吧！然後我再自己搭回來。』我說。

「可是這樣要花很多錢耶。」阿三說。

『沒辦法，不能讓妳自己搭計程車啊！這麼晚了很危險。』

「可是這樣要花很多錢，那不然……」

『妳有其他好方法嗎？』我問。

「那不然我叫我前男友來載我。」阿三說。

跟蹤阿三

我是阿佳，是阿三的男朋友。

大一下學期，學校有個啦啦隊競賽，一年級的每個班級都要參加。我們班上選出20個女生和8個男生，阿三有被選到，我沒有。

平常他們練啦啦隊的時間都是在放學後。

一開始阿三都叫我留下來陪她，她說跟那些跳啦啦隊的同學沒有很熟。但一起練過5、6次之後，大家對彼此也漸漸的熟悉了，有時候還會一起吃晚餐。

後來阿三就說我不用留下來陪她了，她可以練完後跟同學一起搭公車回家。所以之後放學我就都自己先回家。

過了一陣子，有位也練啦啦隊的同學告訴我說，叫我多注意阿三，因為她最近跟隔壁班一個叫小二的男生走很近。

而且最近小二都會跟阿三一起搭公車。

起初我想說應該只是朋友，沒有太在意。

但後來很多同學都跟我講到這件事。我想了想，決定在某天放學後，偷偷留在學校，看看這情況到底是怎樣。

某天放學後，我沒回家，我躲在遠處的某個二樓教室裡，在那偷偷的看著阿三練舞。

就這樣看了兩個小時，天色越來越暗，還起了濃霧。能見度越來越低，只隱隱約約看到小小的一群人在那舞動著。

大約又過了一個小時後，我看見他們好像要離開了。

我下了樓，偷偷的跟在他們背後。走著走著，隱約的看到一個穿粉紅外套的女生突然往校園的右後方走去。

『這女的應該是阿三吧！？只有她會穿粉紅色外套。』
因為濃霧的關係，看的不是很清楚，但我猜應該是她沒錯。

不過為什麼她不往校門口走，而是往右後方走呢？難道她是要

去找小二？難道我真的被戴綠帽了？

我偷偷跟著她走到了某大樓裡。

我看到她走到了走廊的底端，然後往右邊的方向走去。

『幹！放學後這裡這麼偏僻又這麼暗，一個人都沒有，想在這亂來根本都不會被發現啊！』我心裡這麼想著。

我走到了走廊底端，發現右邊是通往地下室的樓梯。

牆上只有掛著一盞微微亮的小燈。真他媽怪恐怖的。

我放輕腳步，慢慢的走下去。

心裡想著，如果真的看到他們在這亂來，我一定他媽的先給那個小二一拳。

我走到了地下一樓，發現根本就沒有路了。通往教室的鐵門是關著的。這時手機鈴聲突然響了。

『幹！他馬的。』我忘記關震動了，鈴聲大響我嚇了一大跳。

拿起手機一看，發現是阿三打來的。

而且她是用家裡的電話打來的。

『喂！？』

「北鼻喔！我到家了，我手機沒電了。」阿三說。

『妳到家了？怎麼這麼早？』我疑惑的問。

「就練到一半起霧了，我覺得好恐怖，就先走了。」

幹！我整個背都涼了。那我跟的這個女生是誰啊？而且怎麼沒

見到她人？就在我轉身要上樓時，突然看見一個沒有腳的女生，飄

在空中對著我說：

「現在換你去躲起來，10分鐘後換我去找你……」

這篇純粹要

嚇嚇你的！

聖誕節（上）

我是阿佳，是阿三的男朋友。

還記得某一年的聖誕節，我們大吵了一架。

時間回到聖誕節的前兩週，我問阿三有想要吃什麼大餐嗎？

「今年我覺得還好，沒什麼特別想過。」阿三說。

『那去吃個飯也好啊！要嗎？』我問。

「不知道耶，再看看好了。」

『喔……好吧。』

然後這件事情就沒有再提到了。

直到聖誕節當天，阿三放學後問我：「今天有想去哪嗎？」

『恩？不知道耶，妳有想去哪嗎？』我問。

「我不知道啊！聖誕節的活動應該都是你們男生要規劃的吧！

怎麼還會問我想去哪？」

『上次問妳妳說不想過啊！』我說。

「那是多久以前的事了啊！你後來怎麼不再問我？」阿三給我
翻了一個白眼。

『那不然就去吃飯啊！』

「要吃什麼？」阿三問。

『不然我們去士林夜市吃。』

「聖誕節去夜市吃飯？是有要這麼可憐嗎？」阿三又翻了一次
白眼。

『現在訂餐廳也訂不到了啊！不然我們去現場排。』

「我最討厭等了，你為什麼都不會先訂位？你可不可以當個體
貼的人？」

『妳之前說今年不想過，我才沒訂的啊！我有問妳要不要吃
飯，妳說再看看。』

「再看看不代表不吃啊！所以現在都是我的錯了嗎？那我們就
不要過好了啊！」

說著說著阿三就哭了，「虧我還特地去買很貴的聖誕禮物要給
你。」

幹！挫賽啊！我不知道她會買禮物，所以我就沒有買，完蛋

了。如果被她知道的話，她又要靠悲我了。後來我想了一個好方法，可以偷偷去買禮物，又可以不用讓她等餐廳。

『那……我先去送妳先去腳底按摩，然後我去餐廳現場排，這樣可以嗎？』我說。

「你要幫我出錢嗎？」阿三問。

『好啊！』我說。

「該不會這就是聖誕禮物吧！？」

『不是啦！』

我先戴阿三到按摩店，我跟她說那妳就按摩90分鐘，然後我先去餐廳登記候補，她很開心的說好。離開按摩店後，我趕緊打電話給申玄。

「喂！廢物怎麼著？」這是申玄的口頭禪，我們對很熟的人都會稱彼此為廢物。

『幹！廢物你在幹嘛？』我問。

「我在呼吸。」

『……問你喔，有沒有什麼禮物適合送給阿三啊？』

「她要送你什麼？」申玄問。

『我不知道ㄟ，我以為今天沒有要過，所以我就沒有買禮物，

但我聽到她說會送我很貴的禮物，我才趕快要來買。』

「那你也要送她很貴的禮物嗎？」

『恩啊！她如果送很貴的，我送她很便宜的，這樣她一定又要靠悲我了。』我說。

「很貴的禮物⋯⋯啊！我想到了，很適合她。」他說。

『什麼！？』我期待的問。

「靈骨塔。」

『幹！說真的啦！』

「錢包啊！你上次不是說她想要錢包。」

『對耶！好，那我就買錢包給她。』

掛上電話後，我先去餐廳劃候補，然後再衝去百貨公司。第一次聽到阿三說要送我很貴的禮物，那我也不能選的太便宜，最後我選了一款3千多的錢包要送給她，還請店員要包的漂亮一點。

搞定後時間也差不多了，我就先回去接阿三。

到了餐廳後，很幸運的只等了五分鐘，就有位置了。

用餐的過程中，我有點不太爽。

因為阿三一直低頭在滑手機，一直划一直划。

最後我受不了了，我說：「今天我們來這，是來各吃各的嗎？」

阿三看了我一點，好像明白我意思，她就把手機收起來。

「我在打卡啦。」阿三說。

『喔，好啦，趕快吃啦！都冷了。』我說。

吃完甜點後，阿三突然從包包拿出禮物來，「北鼻送你，聖誕節快樂！」

『謝謝！』我接過禮物，滿心期待的打開來看。

結果……

聖誕節（下）

「北鼻送你，聖誕節快樂！」

『謝謝！』我接過禮物，滿心期待的打開來看，結果……

『ㄜ……北鼻這是什麼？』我問。

「線香啊！整組花了我兩百多塊耶。」阿三說。

『線香？』

「就是我們上次逛街，我說很想要買的那個啊！」

『喔！！！那個喔，哇！北鼻謝謝妳，妳自己捨不得買，先買來給我用，好感動。』我是真的有那麼一點覺得感動。

「恩啊！我很想要，但我知道你會再把線香送給我對不對？」阿三說。

（靠，哪有人送別人禮物後，又叫對方再送回去的。）

『喔，那還給妳。』我一整個無奈。

「北鼻，那我的禮物呢？」阿三問。

我突然後悔沒聽申玄的話，我應該買靈骨塔給她的。

我從包包裡拿出禮物。『給妳，聖誕快樂。』我說。

阿三開心的接過禮物，邊拆邊說：『你什麼時候去買的啊？我怎麼都沒發現。』

然後她拆開包裝紙看到禮物後，臉整個就垮掉了。

『喜歡嗎？』我問。

「恩，謝謝。」她冷冷的說。

『怎麼了，妳不喜歡嗎？』我覺得奇怪，我記得上次她是說想要錢包沒錯啊！

「喜歡，謝謝。」一樣冷冷的回。

『怎麼了啦？妳上次不是說想要錢包嗎？』

「恩。」

『那妳怎麼看起來不開心？』

「我沒有。」說完阿三就把禮物收進她包包，穿上外套站起身說：「走吧！」

我覺得莫名其妙，結完帳後走出門口，我要牽起她的手，結果被甩開。

『妳到底是怎樣？』我說。

「沒有啊！」

『明明就有。』我說。

阿三都不回我的話，就一直擺著一張臭臉。

『那妳還要去信義區看聖誕樹嗎？』我問。

「不要了。」

『那妳想去哪？』

「回家。」

『妳確定？』我沒有說話，我用眼神問她。

她不回話，繼續結屎面。

『那就回家，走吧。』我不想再耗了。

我走了幾步後發現她沒跟上，回頭看她還站在原地。我又走回去，發現她在哭。

『妳幹嘛哭啦！？到底是怎麼了妳可以講啊！』我從包包拿出衛生紙要幫她擦眼淚。

她把我手推開，也不想回我話，就繼續在那一直哭。

『是不是禮物妳不喜歡？』我猜這就是原因。

然後我看到她狠狠的瞪了我一下，那應該就是禮物的問題了。

　　「哀……。」她突然嘆了一口氣。

　　『到底怎麼了啦？』我好聲好氣的問她。

　　「你這錢包多少錢？」阿三突然問。

　　『三千多啊！怎麼了？』我心想阿三問這，該不會是要還我禮物錢吧！？

　　「你知道阿廣送她女朋友什麼嗎？」

　　『我知道啊！iPhone啊！』我說。

　　「那為什麼人家送iPhone，你卻是送錢包？」

　　『ㄏㄟˊ？妳之前不是說想要錢包嗎？』

　　「錢包你可以隨時送我啊！聖誕節這種節日應該要送對方更貴重一點的禮物不是嗎？」

　　她狠狠的瞪著我說，「我覺得你對我根本就是沒有心。」

　　（幹！妳也只送兩百多塊的線香而已啊！）

　　『我如果沒有心就不會送妳禮物了，妳不能用禮物的價錢，來判斷我有沒有心。』我說。

　　「有心的人就會想送好一點的禮物啊！人家阿廣他去年就送他女友9千多塊的項鍊了。」

『妳那麼愛比較，那妳去跟阿廣在一起好了。』我超不爽的
說。

「你是不是不愛我了？你是不是喜歡別人了？」阿三說。

『我沒有愛別人，只是妳那麼愛拿別人做比較，那妳去跟他們
在一起好了。』

「你怎麼可以講這種話？」

『那妳就不要一直說別人怎樣別人怎樣啦！讓人聽了就不
爽。』

「你那麼兇幹嘛？」

『因為妳老是講那些讓人不爽的事啊！』

「你不想聽我講話，那我們就分手啊！」阿三說。

 阿三
今年的聖誕禮物就是　失戀 (T_T)

讚・留言・分享

「喂！廢物怎麼著？」

『申玄喔，我跟阿三可能要分手了』

「幹！你每次都馬這麼講。」

『這次機率很大,她跟我提分手。』

「發生何事?」

我把今天所有發生的事情都跟申玄說。

『哀……。』我嘆氣。

「那她提分手你回什麼?」

『我沒說話,我就把她拉上車,直接載她回家了。然後一路上我們都沒講話,她下車後也沒說掰掰,就直接走了。』我說。

「那你們回家之後都沒連絡嗎?」

『沒有。』

「好好的聖誕節,結果變成這樣。」

『我也不想啊!』

「好啦!恭喜你,可以解脫了。」

『幹。』

「你會罵幹,代表你還愛她。是不是這個意思?是這個意思!」

『是還愛啊!』

「那你還想跟她在一起嗎?」

『是還想啊!』我說。

「幹!我終於知道為什麼人在愛情裡,都是那麼犯賤的。」申

玄說。

『靠悲啊！』

「還要在一起的話，你現在只有一條路可以走，就是你去跟她道歉。」

『吼，又是我要先道歉。』

「沒辦法，誰叫你一開始就把她寵壞了。」

『哀……。』

「別再哀了啦！還想在一起就趕快去搞定吧！而且請好好的把這件事搞定，我可不想到時一起出來跨年還看到你們再鬧脾氣。」

『好啦！』

跑快一點！

誰的錯

那我要怎麼道歉？她生氣都不會接我電話。』我問。

「那先傳簡訊嘍！」申玄說。

『好吧，那我就先傳簡訊給她。』

「祝你好運。」

『祝我好運？你不是希望我解脫嗎？』

「因為我剛剛突然想到了一句話。」

『什麼話？』

「你不入地獄，誰入地獄？掰掰。」

『幹！掰掰。』

『北鼻，對不起，我不應該這麼兇的，妳可以……。』

就在我簡訊打字打一半時，阿三打電話來了。

『喂，北鼻？』我說。

「你道歉。」阿三一開口就要我道歉。

『好啦，對不起，別生氣了。』

「嗯，我原諒你了。」

『哇，這次怎麼這麼快？』我嚇了一跳。

「因為我大人有大量。」她說。

（妳應該是賤人有賤樣吧！）

隔天，我打給申玄，告訴他我跟阿三和好的消息。

「阿彌陀佛，感謝施主繼續把她封印著，蒼生得救了。」申玄
聽到後說。

『靠悲啊！』

「哈哈哈，對了，跨年那民宿有附早餐嗎？」

『我不知道耶，我打電話問一下阿三好了。』

「快去問，問完速跟寡人回報。」

『諾。』

『北鼻，我們跨年住的民宿有附早餐嗎？申玄在問。』我說。

「什麼民宿，我沒有訂啊！」阿三說。

『蛤？沒有訂？妳不是說妳要訂嗎？』

「我就沒看到我喜歡的，所以我就沒有訂啊！」

『那妳怎麼不早講啊！？現在都26號了耶。』

「那你又沒問。」

『哪有人這樣處理事情的，沒訂房間，這樣大家跨完年要睡哪裡？』我說。

「現在都只怪我喔？那他們為什麼不訂？」阿三問。

『妳當初堅持說妳要訂的啊！』

「我就沒看到我喜歡的啊！」

『那妳要講啊！』我真的超無奈。

「是怎樣？又要吵架就對了？又是我的錯就對了？那你們自己去跨年好了啊！」

『做事情不能這樣啊！今天如果是只有我們兩個就算了，但是這次還有其他人。』

我試著好好跟她講。

「那你那麼厲害你訂啊！掰掰。」阿三講完就掛我電話。

掛上電話後，沒時間跟她生氣了，我就趕緊開電腦上網找民宿。

但是這麼突然要找，感覺房間應該都被訂光了。

我只好直接一間一間打電話問還有沒有房間，問了1個多小時，房間全部都沒了。

沒辦法了，我只好打給申玄告訴他這件事。

「喂，怎麼樣，有早餐嗎？」他說。

『那個……阿三她沒有訂房。』我說。

「殺小！三個月前不是就說要訂了嗎？怎麼會沒訂？」

『她說沒看到喜歡的所以就沒訂了……哀。』

「怎麼都不講？」

『她就說我們都沒問。』

「幹！北爛ㄟ。」他不爽的說。

『那怎麼辦？清境的民宿我都打過電話了，都沒空房了。』

「清境沒有那就住廬山吧！」他說。

『好吧，那我找看看廬山還有沒有空房。』

我又開始一家一家打電話問，最後終於找到一間還有空房的民宿。

訂了房間之後，有一種如釋重擔的感覺，也覺得以後這種重要事情，還是不要交給阿三好了，我自己來處理比較安心。

　　我先把訂到民宿的事告訴申玄，然後再打給阿三。

　　『北鼻，房間我訂好了。』我說。

　　「早就該你訂了。」她說。

　　（幹，當初就是妳堅持說妳要訂，我們才沒訂的。）

　　『嗯。』我不想在跟她討論這個點了，免得又吵架。

　　「那你訂哪一家？」

　　『XXX民宿。』我說。

　　「聽起來好像就覺得很爛。」

　　『只有那間民宿有房間了。』

　　「好吧，那我只好將就了。」

　　事情解決後，我躺在沙發上滑臉書，結果看到阿三FB狀態⋯⋯

阿三

我是一個很容易知足的人
簡簡單單就會覺得很幸福

讚・留言・分享

👍 粉真心和其他19個人都說讚

人氣留言▾

宅粉4號
跟你在一起的人一定很幸福

宅粉8號
感覺妳很好養

阿三
我也覺得我超好說話的 哈哈

仙女棒

　　跨年那天吃完晚餐後，我們就到廬山溫泉老街逛逛。

　　老街的人潮多到爆炸，剛剛大家吃飯的時候就已經不爽了，現在又看到這景象，都沒興致逛街了。大家逛了一下都說想回去了。

　　走回去的路上看到有一攤在賣煙火，阿三看到就問我說：

　　「這邊有仙女棒耶，有要買嗎？」

　　『我覺得還好，妳想買就買啊！』說完我就繼續往前走。

　　過一下阿三就跑過來，手中拿著仙女棒。

　　『妳還真的買了喔，這多少錢啊？』我說。

　　阿三冷冷的看了我一眼說：「一百塊耶。」

　　『差不多啦！這大隻的耶。』我說。

　　走回到民宿休息一下後，大家就開車到清境。

　　到了清境發現人跟車都是爆炸的多，光等停車就等了一個小

時。停好後我們就先到便利商店買報紙、飲料、餅乾和撲克牌。

　　到跨年晚會現場，找了空地，鋪上報紙，大家就圍著一圈坐著，然後就在那打牌等12點。

　　玩牌玩太嗨，都沒發現已經快要12點，看到別人都站起來，我們才趕緊站起來。這時阿三拿出仙女棒，發給大家一人一支。

　　「這是我買的喔，等等大家看完煙火一起來玩吧。」阿三說。

　　「哇，謝謝。」大家說。

　　「剩下最後的三十秒，大家一起喊，二九、二八、二七……。」台上的主持人說。

　　「北鼻，等等最後一秒我們一起在心中為對方許個願。」阿三看著我說。

　　『好。』

　　「十、九、八、七、六、五、四、三、二、一，新年快樂。」

　　原本冷冷的清境天空，出現一朵又一朵的璀璨煙花。我正準備拿起手機想要把這美麗的煙火紀錄下來時，阿三就說：「北鼻，幫我拍照。」

我切換到拍照模式，幫她
拍了一張，拿給她看。

　　「唉唷，看起來好胖唷，再
拍一次。」

　　『好了。』我又拍了一張。

　　「這張煙火不明顯，再一張啦。」

　　『好了，這張可以了吧？』我說。我急著想要錄煙火。

　　「再一張好了，這張我有點雙下巴。」阿三又不滿意。

　　結果就這樣拍了十幾張，拍完煙火也放完了。

　　『吼，我都沒看到煙火。』我說。

　　「沒關係，我剛剛有買仙女棒，打火機給我。」阿三說。

　　「大家把我剛剛買的仙女棒拿出來吧！我來點火。」

　　　　　　我們一群人圍成一個圈圈，每人手中都拿著仙

　　　　女棒，然後像瘋子般的狂歡著。

　　　　　「大家玩得開心嗎？」阿三突然問。

　　　　「開心啊！」大家說。

　　　　　「那你們要謝謝我啊！剛剛都沒人要買仙女

　　　　棒，是我想到要買的耶。」

「謝謝啊！」阿廣說。

『北鼻妳真貼心。』我說。

「當然啊！要不是我有花一百塊買仙女棒，大家能玩的這麼開心嗎？」說完阿三露出驕傲的表情。

接著又指著自己的鼻子繼續說：「你們能這麼開心都是因為我ㄟ，我花了一百塊讓大家開心，一百塊ㄟ。」

「不然一百塊給妳。」申玄從錢包中拿出一百塊。

「不用啦，是我花錢買的仙女棒，就當我請大家好了。」阿三還繼續說。

申玄看了我一眼，我明白意思了。

『北鼻，陪我去上廁所。』我趕緊找理由先把她拉走。

阿三

要不是有我，大家能這麼快樂嗎？(*^_^*)

讚・留言・分享

清境農場
（上）

　　上完廁所後，阿三突然抱著我說：「北鼻，剛剛倒數的最後一秒你有幫我許什麼願？」

　　『唉唷，這裡很多人看啦，別這樣。』我有點不好意思。

　　「又不會怎樣，說啦說啦，許什麼願？」阿三撒嬌的問。

　　『就希望我們能長長久久，不要再吵架了。』

　　「真的喔！？」

　　『嗯嗯，那妳許什麼願？』我問。

　　阿三笑笑的說：「我希望你能養我一輩子。」

　　『妳是在跟我求婚嗎？』我笑了笑。

　　「才不是呢，想當我老公可沒這麼簡單。」

　　『那怎樣才能當妳老公？』我試探著問。

　　「我要求不多，只要真心對我好就可以了。」阿三笑著說。

　　（他媽的，我聽妳在放屁！）

隔天，大家起床都快中午了。退房之後，大家就到附近隨便吃個午餐，然後就去清境農場走走。

　　『綿羊秀還有半小時就開演了，要先去佔位置嗎？』我問大家。

　　「那邊有很多小吃攤，我想要先逛逛。」阿三說。

　　『其他人呢？』我問。

　　「都可以。」阿廣跟申玄說。

　　逛著逛著，經過一個攤販，老闆娘突然拿筍乾湯要給我們喝，說是免費的。申玄跟阿廣各拿了一碗後，就坐在旁邊喝。

　　阿三看到後說：「我怎麼沒有？」

　　老闆娘聽到後說：「有有有，大家都有，還在盛，等等喔。」

　　『老闆娘一碗就好了，我不喝，謝謝。』我說。

　　阿三接過老闆娘手中的湯後，走過來問我：「你為什麼不喝？」

『剛剛吃太飽了。』

「喝湯而已，你喝一口。」阿三把碗拿到我面前。

『我不想喝，很飽。』

「你喝一半我喝一半。」

『我就不想喝。』

「你喝啦，唉唷。」阿三突然大叫了一聲。

原來是她的碗沒拿穩，湯灑出來燙到她的手。她一被燙到的直覺反應就是把手縮起來，然後整碗湯都灑在我鞋子上。

「都是你啦，都是你害我被燙到。」阿三邊哭邊說。

「快快快，來這邊沖水。」好心的老闆娘看到後跑出來幫忙。

『這哪能怪我啊！妳自己碗沒拿穩的耶。』我無奈的說。

「就是因為你不喝，我才沒拿穩的啊！」

阿三邊沖水邊說，「我都拿到你面前了你為什麼不喝？」

『我就說我喝不下啊！』我拿出衛生紙擦我的鞋子。

「你不先來關心我，竟然是先擦鞋子。」阿三氣憤的瞪著我。

老闆娘則站在一旁，一臉尷尬的看著我們。

『妳都已經在沖水了啊！我鞋子上都是筍乾，是不用擦喔。』
我回話的口氣不是很好。

「你應該要先來關心我啊！難道你的鞋子比我的手重要嗎？」

阿三越說越激動，「你害我手都被燙紅了，你竟然還先擦鞋子。」

我不想回話了，我繼續擦我的鞋子。

阿三就站在攤販那邊哭，阿廣超尷尬的看著我們，申玄則在那喝湯喝得很開心。

「時間快到了，要去看綿羊秀了。」申玄突然說。

「我不看了，你們自己看。」阿三馬上回。

『妳不看那妳要幹嘛？』我問。

「你管那麼多幹嘛？反正我又沒有你的鞋子重要。」她說。

「走啦！一起去看啊！」申玄說。

「不用，你們去看就好。」阿三還站在原地。

「有話去那邊再講，人家阿姨還要做生意。」阿廣說。

「我不要，嗚嗚。」阿三又哭得更傷心。

阿廣走過去，拉著阿三的手，希望她能一起過來。

「我不要，我不要啦。」阿三哭喊著。

『你不要那麼任性好不好？』我不爽的說。

「好了啦！別說了。」申玄過來拍拍我，「阿三，走啦！去看綿羊。」

阿三頭低低的沒回話，一直再用衛生紙擦眼淚。

『全部人都在等妳ㄟ。』我說。

「我說了你們自己去看啊！」阿三說。

『那妳要幹嘛？』

「不關你的事啦！」阿三說完這句話後就突然跑走了。

留下錯愕的我們在那……

阿三

我要求的不多，只要真心對我好就可以了

讚・留言・分享

清境農場
（中）

『妳要去哪啊？』我大喊。阿三不理我，往下坡的方向走去。

「去追她啊！」申玄説。

『算了，不想理她了，等她鬧夠了就會回來了。』我這麼想。

「也是，反正地球也就這麼大而已，那走吧，去看綿羊。」申玄説。

我們三個就不理阿三，決定去看綿羊秀。

『羊咩咩好乖喔，都不動站在那給他剃毛。』我邊吃餅乾邊説。

「羊毛被剃掉，你們都不擔心牠會冷嗎？」阿廣問。

「不會啦，有人女友不見了，我們也沒在擔心啊！」申玄一臉正經的回說。

「說的也是。」阿廣說。

『我有點擔心了。』我看了看時間，她已經不見半小時了。

「你打電話給她啊！」阿廣說。

『剛剛有打，她都沒接。』

「那要去找她嗎？」申玄問我。

『不然你們在這看，我去找她。』我站起身把外套拿給他們。

『外套你們幫我顧一下。』我說。

「你不冷喔？」阿廣接過我的外套問我。

「你沒聽過心急如焚喔？」申玄回說。

『好啦，你們先在這，我找到她就回來這找你們。』

「OK。」他們說。

我把整個農場都走遍了，還是沒看到人。走到滿身大汗，皮膚也被太陽曬得都紅紅的。我邊走邊打電話給她，都是響個幾聲就掛斷了。馬的，都快起渡爛了。

還在想要不要再整個找一遍時，手機突然響了。

『喂。』我說。

「阿三勒？。」申玄問我。

『我不知道。』我說。

「不知道！？你不是去找她嗎？」他說。

『找了很久都沒看到，我剛剛有想到她會不會在室內。』

「是喔，我們看完了，你在哪邊？我們先去找你。」

『我也不知道這是哪，旁邊有個風車的房子，藍色的。』

「恩恩，那你附近再找看看，我們現在過去。」

『好。』

幾分鐘後，我就看到他們走過來。

「還是沒找到喔？」阿廣問，看他一副也
很擔心的樣子。

『還沒啊！會不會跑出農場了啊？』

「看FB啊！」申玄突然冒出這句。

『蛤？』申玄的話有時候很難懂。

「看看她有沒有發狀態啊！」他說。

阿三
7分鐘前

新的一年才剛開始
我就被欺負了……
好難過──在清境農場

讚・留言・分享

👍 粉真心和其他49個人都說讚

人氣留言▼

 小雅
寶貝怎麼了

 阿三
寶貝~私

『喔。』我打開手機，登入臉書頁面。

『有耶！你怎麼知道她會發狀態？』我問。

「嗯，那代表她還活著。」申玄根本沒回答我問題。

「多久之前發的啊？」他又說。

『七分鐘前。』

「那她在哪拍的？」

我把手機拿給他們看，『在這，後面只有一顆樹。』

「喔，我記得這顆樹。」

『你怎麼又知道啊？』這真的太詭異了。

「你想知道為什麼嗎？」申玄冷冷的看著我說。

『你說啊！』

《先進一段廣告》

『靠夭啊！還進廣告喔。』

「ㄟ，是不用讓讀者休息一下，去尿個尿嗎？」

『幹，認真的啦！』

「好啦。」

「我剛剛有看到一顆樹，長的很像我的野蠻女友電影裡的那
顆，所以就有一點點印象嘍！」

「剛好這邊也有一個野蠻女友。」阿廣
突然跳出來接話。

「嗯，真的。」申玄接著說。

『你們去唱雙簧好了啦，走啦，趕快去那
邊找她。』

『沒有啊！』我們找到了照片中的樹，但是沒看到阿三。

「旁邊的垃圾桶裡找找。」申玄說。

『她怎麼可能躲在垃圾桶啦！』我真的快被他搞瘋了。

「啊！啊！啊！她在下面那邊。」阿廣指著山丘下說。

「穿粉紅色衣服那個嗎？」申玄問。

『好像是耶，那裡不是剛剛綿羊秀的地方嗎？』我說。

「她坐在那邊幹嘛？馬剛剛在那大便，超臭的。」阿廣說。

「可能她喜歡馬糞吧！」申玄接著說，「阿佳你自己下去找她，好好跟她談談吧。」

『那我要怎麼講。』

「用嘴巴講。」

『靠。』

我走到了阿三旁邊，她看了我一下，不理我，繼續在那滑她的手機。

『ㄜ，那個……。』

「有事嗎？」

『妳還在生氣嗎？』

「我怎麼敢生氣，我又沒有你的鞋子重要。」

『妳不要這樣啦，走吧，跟大家一起行動，不然妳一個人，我會很擔心。』

「你還是擔心你的鞋子吧！」

阿三完全不想理我，我講一句，她就回嗆一句。

實在沒辦法了，我又走回大樹旁，問他們：『現在怎麼辦？她都不想理我。』

「不然我去說看看好了。」阿廣說。

『嗯，那交給你了。』

五分鐘後，還是宣告失敗。

阿廣失望的走上來說：「她都一直說不要理她，然後就哭了。」

「啊！幹。」申玄突然大叫了起來。

『怎麼了？』我緊張的問。

「馬術表演開始了耶。」他說。

『不然你們去看，我陪她。』我說。

「他馬的。」說完申玄就快步的衝下去。

我以為他衝下去是要去看馬術表演，結果他卻是走到阿三旁邊坐了下來，然後不知道跟阿三說了什麼。過了幾分鐘後，他站了起來，對我們揮揮手，示意要我們下去。

　　我們走到他們旁邊後，「走吧，去看馬術表演吧。」申玄說。

　　我看了一下阿三，她也站了起來，但還是一直在哭。

　　我扶著她的肩膀說：『走吧，一起去看吧。』

　　「嗯。」阿三點點頭的說。

　　哇靠，為什麼阿三會突然願意了？

阿佳

見鬼了！！！！！

讚・留言・分享

清境農場
（下）

看完馬術表演後，我們就離開清境農場準備回去了。

回去的路上，阿三都沒說什麼話，自己一直在那默默的掉淚。

問她怎麼了，她也都說沒事，叫我不用擔心。

車子開到休息站，趁阿三去上廁所時，我問申玄說：『ㄟ申玄，你那時候跟她講什麼啊？為什麼她突然願意跟我們走了？』

「喔，我罵她啊！」

『蛤？你罵她什麼？』

「我說妳成熟點好嘛，妳是要鬧到什麼時候，他們兩個都好好的來跟妳談了，妳還這樣子。今天出遊我們大家都是很熟的人，所以才這樣好好跟妳講，如果以後阿佳帶妳跟別的朋友或是長輩出去，妳一不爽就這樣鬧，這樣人家會怎麼想？而且全部人為什麼要因為妳耽誤整個行程。」

『你這樣講喔，那她回什麼？』

「她就說她有跟你們說，說不用理她。」

『嗯，她有說，但怎麼可能不理她，哀……然後呢？』

「我就說好啊！妳要這樣講，我給妳兩個選擇，第一就是我們聽妳的話不理妳了，我們就自己行動，妳自己想辦法回台北，第二就是妳現在跟我們一起行動，大家像沒事一樣。」

『那她說……？』

「她還沒回答，我就招手叫你們過來了。因為這種問題不需要花太多時間想，白痴也會選第二。」

『那她如果真的選第一呢？』我問。

「那她就自己回台北啊！」

『怎麼可能啊！』

「她就是看準你這心態，所以才敢這樣鬧。要對付這樣的人，就是要讓她踢到鐵板。」

『那她如果不爽跟我分手怎麼

啾咪，我是阿三

辦？』

「那就是換你兩個選擇了，一個是你繼續容忍她，然後苦你自己。第二就是分手，下一個更好。如果想指望她個性能自己改好，大概等個一百年吧。」

『哀……其實我有想說之後……』我講到一半就停住了，因為看到阿三走回來了。

阿三走過來，手上還拿了一包餅乾，邊走邊吃，心情看似比較好了。

大家回到車上坐好後，阿三突然問我：「你這樣開車會累嗎？」

聽到這句話後我突然想到之前對阿廣很不好意思的那件事。

『我現在精神非常好，妳累了妳先睡一下吧。』我趕緊回她。

「可是……」

『如果我累了阿廣可以開，阿廣累了申玄也可以開，所以妳不需要擔心，妳先睡一下吧。』我打斷她的話，免得她又鬼打牆了。

「喔。」阿三應該無話可說了。

車子開到了台北車站，申玄跟阿廣就先下車了。

「記得明天要交報告喔。」阿廣離開之前提醒我們。

『對耶，明天要交報告，我最後的部分還沒用完。』我說。

「那就回去趕快用吧，掰掰啦，明天見。」阿廣說。

『掰掰。』

他們倆個下車後，車上只剩我跟阿三，其實氣氛有一點尷尬。

我不知道要跟阿三說什麼，只想趕快送她回家，然後回去趕報告。

「北鼻，你報告哪部分還沒做？」阿三打破沉默。

『喔，就最後結語的部分。』

「嗯。」

『我會趕出來的。』報告是我跟阿三兩人一組，我沒弄好絕對被她唸。

「我來幫你做。」她說。

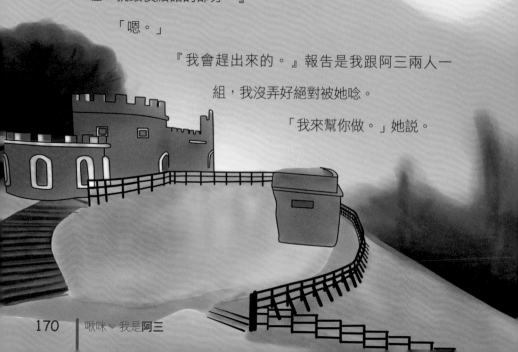

『沒關係，我可以的，妳應該累了，回家就洗澡早點睡了。』

「你開車比較累，我幫你做。」

『哇，妳真體貼。』我笑了笑。

「我想要當個體貼的女朋友、成熟的女朋友、懂事的女朋友，讓你帶出去很有面子的女朋友。」

『妳是撞到頭了嗎？』我開玩笑的說。

「沒有啦，在清境申玄跟我說的那些話，我剛想了很多。」

『是喔，他說什麼？』我假裝不知道。

「一些道理。」她只回這樣。

『嗯，他很愛講道理。』我也不追問細節，反正我也知道了。

車子開到了阿三家樓下。

『我幫妳拿行李上去吧。』我說。

「不要不要，我自己拿，你趕快回去吧，報告我做。」阿三提著大包小包的說。

『妳確定嗎？』

「確定。」阿三給我肯定的笑容。

『那辛苦妳囉，我先回去了，晚安。』

「路上小心，晚安。」

離開阿三家後，我沒有馬上開回家，我跑去河堤邊，一個人坐在那。

我也在思考著申玄說的那個兩個選擇。

『要嘛苦我，要嘛分手。』我該做出選擇了嗎？

還是，會有更好的方法呢？

想知道阿佳和阿三的發展，請用手機掃描

還有好多好多阿三的故事想跟大家分享，
但因為書塞不下了（哈哈哈，阿三討人厭的事情太多了），
所以只能很抱歉的，在這邊先跟大家告一個段落。
感謝購買這本書的各位，你們的支持是我創作最大的動力。

如果想要看更多阿三，歡迎來我的部落格：
http://birtoro.pixnet.net/blog
也歡迎來我的粉絲團跟我聊聊你身邊的阿三：
https://www.facebook.com/shenshiuan

本書的故事內容都是發生在另一個時空，
如有雷同，那就雷同……

謝謝收看
掰掰

國家圖書館出版品預行編目資料

啾咪-我是阿三 / 申玄著.
臺北市：文經社. 2014.09
面；公分. --（文經文庫系列：A312）

ISBN 978-957-663-728-5 （平裝）

857.7   103016485

文經社

文經文庫 A312

文經社網址 http://www.cosmax.com.tw/
http://www.facebook.com/cosmax.co
或「博客來網路書店」查詢文經社。

啾咪 ❤ 我是阿三

作者	申玄
發行人	趙元美
社長	吳榮斌
主編	林麗文
封面設計	龔貞亦
美術設計	朱海絹
出版者	文經出版社有限公司
登記證	新聞局局版台業字第2424號

總社‧編輯部

社址	104-85 台北市建國北路二段66號11樓之一（文經大樓）
電話	(02)2517-6688
傳真	(02)2515-3368
E-mail	cosmax.pub@msa.hinet.net

業 務 部

地址	241-58 新北市三重區光復路一段61巷27號11樓A（鴻運大樓）
電話	(02)2278-3158
傳真	(02)2278-3168
E-mail	cosmax27@ms76.hinet.net
郵撥帳號	05088806文經出版社有限公司
印刷所	通南彩色印刷有限公司
法律顧問	鄭玉燦律師(02)2915-5229

定價	新台幣280元
發行日	2014年9月 第一版 第1刷

續集彩蛋

　　我躺在沙發上看電視時，手機突然傳來訊息的鈴聲。

　　我打開手機看，原來是有人密我臉書。

　　「你好，請問是阿佳嗎？」

　　奇怪，這是詐騙集團嗎？怎麼會突然問我是誰？好怪。

　　我點了發訊者的大頭貼看，是一個叫曉曉的女生，發現她是我

們學校的，好像在哪見過。

曉曉

我是，怎麼了嗎？

你知道你女朋友阿三跟我男友上床嗎？

未完待續……

關心阿三最新動態